COBALT-SERIES

銀朱の花

金蓮花

集英社

目次

カウル
国王。「聖なる乙女」を
求め、エンジュを城へ
迎えいれる。
エンジュ
二色の瞳を持つ少女。両親を亡く
してからは、叔父夫婦のもとで過
酷な生活を強いられてきたが…。

❖銀朱の花❖
登場人物紹介

イラスト／藤井迦耶

銀朱の花

青銅《せいどう》二年露草《つゆくさ》の月、レニオンの丘にて、青梟《あおふくろう》没す。
青梟を討ちしは黒獅子《くろじし》。
黒獅子、御自《おんみずか》ら即位を宣言す。
年号を朱雀《すざく》と改める。

第一章　泥中の花

フェイセル村の男たちが、石切り場での労働を終え、村に帰ってきたのは、夏の初めのことだった。

―

その朝も、エンジュは暗いうちから、籠《かご》を手に沼に向かった。
泥炭《でいたん》を掘るのが、エンジュの朝の仕事だった。
長雨の時期も終わり、日に日に夏の気配が強まっている。
明けてきた空を眺《なが》め、エンジュはため息をついた。
水色の空は、やさしかった母の瞳《ひとみ》と同じ色だ。
その澄んだ色に朝の挨拶《あいさつ》をする。
「母様、おはよう」
見上げていた視線を戻せば、タリザンドの森が広がる。
初夏を迎えた森は日を追うごとに濃い緑に色を変える。
緑の森は、穏やかだった父の瞳と同じ色だった。

「父様、おはよう」

三年前、流行り病《はややまい》で他界した両親を偲《しの》ぶ時間は、朝だけだった。

一日中、言いつけられる用事に追いたてられ、忙しく立ち働くエンジュには幸せだったあの頃を、思い出す暇さえなかった。

答えるもののない朝の挨拶を終えると、エンジュは泥の上に差し渡された板を踏み、しっかりした足取りで沼の奥へと進んだ。

この三年で頼りない足場にもずいぶん慣れた。慣れない頃は、ふらつき泥に落ちたことも一度や二度ではない。その頃はまだ十一歳になったばかりだった。無理もない。

泥炭掘り自体は簡単な仕事だが、水を含んだ泥の重さは半端《はんぱ》ではなく、女子供の仕事ではない。だが、エンジュを引き取った叔父《おじ》夫婦は、それを彼女の日課にした。

保護者を失ったエンジュにそれを拒めるはずもなく、彼女は毎朝歯を食いしばって重労働に耐えた。

細く長く続く板橋の先でしゃがみこむと、エンジュは小さなシャベルで泥炭を掘り起こした。

掘り起こした泥炭は籠にいれ、ある程度水を切ってから運ぶ。

掘り起こしたままの状態では、重すぎて運べないし、滴《したた》り落ちる泥水で服が汚れる。

だからといってゆっくりしていれば、朝食の片付けに間に合わない。

叔父夫婦に引き取られたとはいえ、エンジュの立場はあくまで下女。

同じテーブルで食事をとるなんて思いもよらない話だった。

エンジュに遺《のこ》されたはずの財産を、いつのまにかすべて掠《かす》め取った叔父夫婦は、恥じるどころか、姪《めい》の面倒《めんどう》をみることを最大の不幸だと公言して憚《はばか》らない。

そして、なによりも悲しいことは、村の人々まで叔父夫婦に同情的だということだった。

重い泥炭をやっとの思いで運んでも、朝食の後片付けが終わっていれば、昼までなにも食べられない。

だから、エンジュの朝は村の誰よりも忙しかった。

「急がなきゃ……」

エンジュは一日分の泥炭を掘り終えると、額の汗《あせ》を拭い立ちあがった。

昨晩は、なにが気に障《さわ》ったのかわからないが、不機嫌な叔母《おば》に理不尽《りふじん》な言いがかりをつけられて、夕食をもらえなかった。

育ち盛りのエンジュには、どんな粗末な食事でも一食抜けば目が回る。

この上、朝食まで抜くのは想像するだけ辛かった。

くうくう鳴るお腹を宥《なだ》め、エンジュは重い籠を抱えあげようとしたその時、背後から人の足音がした。

エンジュの肩がぴくっと揺れた。

板橋は、人ひとり通るのがやっとだ。先端の少し広くなったところで行き違うしかない。

エンジュは、籠の上にシャベルを載せると、細い体を更に縮《ちぢ》こめ深く俯《うつむ》いた。

村中の人間に嫌われている自分だ。

不用意に顔を上げればどんな暴言が降りかかるかわからない。

なるべく顔を合わせないように俯く姿を、天に還《かえ》った父母が見たならば、どれほど心を痛めることだろう。

そんなエンジュの小さな背中に、いまきた者が声をかける。

「エンジュ？」

聞き覚えのある声に、エンジュは恐る恐る振り返った。

癖《くせ》のあるハシバミ色の髪と穏やかに輝く若葉色の瞳。

背が高くすらりとした体つき、そして優しそうな笑顔の持ち主を、エンジュはよく知っていた。

「タスク兄様!?」

すぐには信じられなかった。

四才年上の従兄《いとこ》のタスクをエンジュは小さな頃から兄のように慕っていた。

それは、エンジュが両親を亡くし、叔父夫婦に引き取られた後も変わらなかった。

タスクだけが、エンジュに優しく接してくれるのだ。

優しい従兄の笑顔に、エンジュは思わず目をこすった。

「だめだよ、エンジュ。泥だらけの手で目をこすったりしたら」

苦笑いを浮かべて、シャツの袖《そで》で目もとの泥をこするのは、間違いなくタスクだった。

「タスク兄様は、山をふたつ越えた川縁の石切場で働いているはずよ……」

「それがね、事情が変わったんだ。一昨日、都から役人がきてね、帰りたい者は帰っていいことになったんだよ」

都の役人と兵隊が、牛馬を鞭《むち》で追うように、村の男たちを山奥の採石場に連れていったのは、まだ雪のちらつく頃だった。

遠く離れた都の守りを堅固《けんご》にするため、ぐるりと城壁で囲《かこ》むという話に、残された女子供はため息をついた。

国王様のおわす華の都は、村とは比べ物にならないほどたくさんの人々が暮らす広大な町だと言う。

なんでも、すべてを見て回るのに十日はかかるという話だ。

そんなに広い都をすっかり囲んでしまう城壁を作るのに、どれほどたくさんの石を切り出さなければならないことだろう。

男たちが帰って来るのは、一年先か、二年先か……。

それまで、畑や家畜の世話を一体《いったい》誰がするというのか。

大切な労働力を根こそぎ連れていったくせに、年貢《ねんぐ》はいつもの年と変わらないと聞き、残された村の者が嘆き悲しんでから、ようやく半年。

たった半年で、村への帰還が許されたとは俄《にわ》かには信じられなかった。

「あんなに無理矢理連れていったのに、こんなに早く返してくれるなんて信じられない……」

「でも、本当なんだ。本当にお許しがでたんだ。新しい国王様は、まだお若くていらっしゃるが、立派な方らしいよ」

「新しい国王様？」

その言葉も信じられない。

去年の春、即位された国王様の命令で、村の働き手はことごとく石切場に引っ張っていかれたのだ。もし、タスクの話のとおり帰還を許されたのだとしたら、なんて気紛《きまぐ》れな国王様だろう。

「エンジュ、どうやら思い違いをしているようだね。去年の春、即位された青梟《あおふくろう》の皇子は亡くなったよ。先月、黒獅子《くろじし》の皇子がスジュウの丘で即位を宣言されたそうだ。内乱が終わったんだよ」

興奮した面持《おもも》ちで語る従兄の顔を、エンジュはただ呆然《ぼうぜん》と見つめるしかなかった。

遠い都で、内乱というものが行われていることは知っていた。

それが、王位をめぐっての身内の喧嘩《けんか》のようなものだということも、聞き及んでいる。

だが、辺境《へんきょう》のこの村では、遠い都の出来事など夢物語にしか過ぎない。

国王様がいて、王子さまやお姫様、貴族と呼ばれる人たちが美しいお城で舞踏会を楽しんでいる。

それが、エンジュの知る都のすべてだった。

続く内乱のため、美しい都の半分が焼けてしまったとか、ナントカ伯爵《はくしゃく》様が八つ裂きになったという話も聞くには聞いたが、小さな村から外に出たことのないエンジュには、想像するにも限界がある。

その、訳のわからない内乱が終わったおかげで、従兄が村に帰ってきたことが、エンジュには不思議に思えた。

都の出来事が、自分たちの生活になんらかの影響を与えているなんて、いままで実感したことがない。

いまだに、内乱が終わったことと、従兄が石切場の仕事から開放されたことにどんな関係があるかも、まだわかってはいなかった。

でも、そんなことは大きな問題ではない。

重労働で知られた石切場から、タスクが無事帰ってきたことが、今は一番大切なことだった。

「タスク兄様、おかえりなさい。お仕事お疲れ様でした」

エンジュは、従兄の帰還を認めると素直な言葉で祝うことができた。

「タスク兄様、少し痩《や》せた？」

エンジュの優しい問いに、タスクは曖昧《あいまい》な笑みを向ける。

「石切場は危険な場所だから、叔父様も叔母様もそれは心配していたのよ。兄様、どこにも怪我はない？」

「ないよ、若いからかな。風邪《かぜ》ひとつ引かなかったんだ」

そういって自慢する従兄に、エンジュは胸が痛くなる。

風邪を引かなかったことが、自慢になるということは、たくさんの人が寒いなか苦しい労働を強《し》いられたのだろう。

「叔父様も叔母様も喜んだでしょう?」

エンジュの言葉に、タスクは悪戯《いたずら》な笑みを向ける。

「まだ喜んではいないね」

「嘘だわ！　兄様の帰りを首を長くして待っていらっしゃったのに……」

「嘘なもんか。村に入ってまっすぐここにきたんだ。まだ親父たちには会ってないよ」

「なんてこと!?」

エンジュは大きな声をあげた。

「タスク兄様、早く帰りましょう。そして、叔父様と叔母様を少しでも早く安心させてあげなきゃ――」

「エンジュ……」

泥炭の籠を抱えあげ、いまにも駆け出しそうなエンジュの腕を摑《つか》み、タスクは少し悲しそうな瞳で微笑《ほほえ》んだ。

「おまえはなぜそんなに優しいの」

突然、そんなことを言い出す従兄を、エンジュはきょとんとした表情で見上げる。

タスクはその瞳に話しかける。

「エンジュに渡したいものがあるんだ。お土産《みやげ》だよ」

そういって差し出したのは、小さな本だった。

「お土産？」

「仲良くなったお役人様が、読み終わったからとくれたんだ。僕も読んだけど、騎士が諸国をめぐる冒険物で、夢中になること間違いなしさ。ほら」

目の前に差し出された本は、綺麗《きれい》な青い布で装丁された立派な物だった。

エンジュはおずおずと伸ばした手が、泥で汚れていることに気がつくと、まだ綺麗な前掛けの裏でごしごしこすってから、題字にふれた。

青い布に銀で箔押《はくお》しされた文字を、エンジュは声にした。

「天の階《きざはし》　或《ある》いは五つの冒険……、素敵な題名ね」

「題名だけじゃないよ。中身も素晴らしいんだ。エンジュの好きな綺麗なお姫様も勿論《もちろん》でてくるよ。都ではずいぶん前から流行《はや》っているんだって」

タスクの説明に、エンジュの胸のなかでわくわくした気分が高まってくる。

両親が生きていた頃、一日の大半を家の中で過ごしてきたエンジュにとって、本は大切な友達だった。

エンジュはいますぐ読みたくて読みたくてたまらなかった。その気持ちが、何度も何度も銀色の題字を撫《な》でさせる。だが――。

「タスク兄様、ありがとう」

エンジュは作った笑顔でそう言うと、題字にふれていた手を固く握り締めた。

「でも、私はその気持ちで十分。私、ほらもう十四歳になったでしょう。もういい加減お姫様や冒険に憧《あこが》れる年じゃないし……。それに、私よりタリアのほうが喜ぶんじゃないかしら？」

タリアは、タスクの今年十二歳になる妹だ。

「なに言ってるんだ。タリアが本なんて読むもんか。それにこれはエンジュのために貰《もら》ってきたんだからね」

タスクはそう言うと、エンジュの前掛けの隠しに押し込んだ。

「家に帰る前に、ここに寄ったのは親父たちに内緒《ないしょ》でこれを渡すためだよ。エンジュ……僕の前では、なにも我慢することはないんだ」

怒ったような口調でタスクはそう言うと、踵《きびす》を返しエンジュに背を向けた。

「僕は先に帰るね。エンジュは少し時間を置いてから帰っておいで。手伝ってあげられなくてごめんね」

エンジュは、すぐさま大きく首を横に振った。

言葉にはできなかった。言葉にすれば泣いてしまうだろう。

タスクの気持ちが痛いほどわかる。だから、切《せつ》なかった。辛かった。

タスクは、満足に外で遊ぶことさえ許されなかったエンジュが、小さな身で泥炭掘りをするのを不憫《ふびん》だと何度となく手伝ってくれた。

しかし、叔父夫婦は大事な跡取《あとと》り息子が、そんな汚れ仕事をするのを嫌い、エンジュがタスクをそそのかしているに違いないと、辛くあたった。

助けてやりたいのは山々だが、自分が手伝えば、その分エンジュが辛い思いをする。

水汲みを増やされたり、食事の量を少なくしたりと、タスクには庇《かば》いきれないかたちで罰が与えられる。

十八になったばかりで、家督《かとく》を継ぐにはまだ間があるタスクでは、親に意見するのにも限界がある。

以前のように、いっしょに泥炭を運んでやることこそできないものの、タスクは四つ年下の従妹をそれとなく支えていた。

それは小遣《こづか》いで菓子や林檎《りんご》をこっそり買ってやったり、いまのように村では貴重な本を貸してやったりと、ささやかなものではあったが、それがエンジュにとってどんなに嬉《うれ》しい慰《なぐさ》めであったことか。

苛酷《かこく》な労働で明け暮れる毎日を、エンジュがどうにか辛抱《しんぼう》できるのは、間違いなくタスクのおかげだった。

「エンジュ。あと二年待って欲しい。あと二年たてば、ぼくも二十歳になる。母方のお祖父様《じい》が遺《のこ》してくれた山がぼくのものになる。そうしたらぼくも一人前だ。いつまでも親の言いなりにはならないから……」

タスクは早口でそれだけ言うと、エンジュをその場に残し、急ぎ足で板橋を渡っていった。

その背が遠ざかるのを、エンジュは立ち尽くしたまま見送った。

二年後、いまより状況がよくなっているとは、考えられなかった。

タスクは優しい。

優しく賢《かしこ》いタスクは、叔父夫婦の自慢の跡取息子だ。

もう何年も前から、収穫祭の広場でたくさんの娘たちが、タスクと踊る順番を待っているのも聞き知っている。

もしタスクが、山を相続した後に独立したとしても、叔父夫婦は自分が下女として側にあがることなど許さないだろう。

だから、エンジュはいま聞いたタスクの言葉を、涙と一緒に泥のなかに捨てるしかなかった。

せめて……。

せめて、自分の容姿が人並みだったなら、同じ血を引く叔父にここまで嫌われることもなかったろう。

それを思うと、エンジュは固く瞼《まぶた》を閉ざした。

すると、ふたつぶの涙が、少しだけ乾き始めた泥の上に、黒い染《し》みを刻《きざ》むのだった。

「エンジュ、そっちのお鍋《なべ》が沸騰《ふっとう》したら塩を一摘《ひとつま》みいれて掻《か》きまわしとくんだよ。それがすんだら、裏の畑から瓜《うり》をもいでおいで」

「はい」

次から次へと言いつけられる用事に、エンジュは目の回るような忙しさを味わっていた。

エンジュが泥炭《でいたん》の始末をつけて裏口から家のなかに入ると、竈《かまど》の前で叔母のリリアと娘のタリアが、タスクに抱きつきむせび泣いていた。

普段は無愛想《ぶあいそう》な叔父のコリンも鼻の頭を真っ赤にし、唇《くちびる》を引き結び立ち尽くしている。

再会を喜ぶ家族の様子に、エンジュの胸に疼《うず》くような羨《うらや》ましさが込み上げてくる。

ひとしきり涙を流すと、叔母はタスクのために豪勢な食事を準備した。

叔父も家畜の世話だけすると、今日の畑仕事は休みにすることに決め、久しぶりに酒蔵を開けた。

2

タスクの無事を祝い、ささやかな宴会を開くのだと、いつになく張り切っていた。

タリアが二番目に上等な晴れ着を着こみ近所の人に来てくれるようおつかいに出たあと、エンジュは叔母の指図で立ち働いた。

煮たり焼いたりしているうちに、美味《おい》しそうな匂《にお》いが台所を一杯《いっぱい》にする。

その匂いに誘われて、エンジュのお腹は盛んに空腹を訴える。

タスクの思いがけない帰還で、叔母はエンジュに食事を与えることなど、綺麗《きれい》さっぱり忘れていたのだ。

休む間もなく、立ったり座ったり身体を動かしていると頭の奥にふわふわするような感じがした。

昨晩からなにも口にしていない。

その上、いつも以上に働いているのだ、辛《つら》くないはずがない。

だが、間違っても自分からお腹が空いたとは言えなかった。

下手に言おうものなら、叔母のせっかくの上機嫌に水を差すことになるだろうし、不機嫌になった叔母にどんな仕打ちを受けるかわからない。

エンジュは必死に自分に言い聞かせた。

(もう少しの辛抱《しんぼう》、もう少しの辛抱……)

柔らかいちしゃの葉をちぎり、油と塩であえる。

木の実と干し葡萄《ぶどう》をどっさり入れたケーキの種を型に流し入れ、オーブンに仕込む。

茹《ゆ》であがった豚肉の塊《かたまり》を熱いうちに切り分け、茹で汁を使って豆のスープを作る。

もいできた瓜を飾り切りにし、叔母の自慢の鉢《はち》に綺麗に並べる。

収穫祭や新年の祝いに負けないほどのご馳走《ちそう》の皿が、台所のテーブルに所狭しと並ぶ頃、真っ白なエプロンをつけたタリアが、綺麗に結った髪にはなかざりをつけながらやってきた。

「ママ、これを運べばいいの？」

「ああ、タリア。すまないけどお願いするわね。お父さんが庭にテーブルを拵《こしら》えてくれたから、花模様のテーブルクロスをかけてから、料理の皿を運んでおくれ」

「はぁい」

いつもは家の手伝いなど満足にしたことのないタリアだが、兄が帰ってきたことが嬉しくてならないのだろう、誰に言いつけられたわけでもないのに、進んで手伝う。

「あれはなんて気の利《き》く娘なんだろう」

満足げに呟《つぶや》く叔母の言葉を、エンジュは懐かしい思いで聞いた。

生きていた頃、エンジュの母もよくそう言ってくれた。

金色の髪を優しく撫でながら、「エンジュはなんて気が利くんでしょう」と、微笑《ほほえ》みかけてくれた。

誉められることが嬉しくて、言われる前に銀器を磨《みが》いたり、窓ガラスを磨いたりしたものだった。

三年前のことなのに、いまでは遠い昔の出来事のように思われる。

たった三年前のことなのに……。

「エンジュ！」

叔母の鋭い声が飛んだ。

「なにをぼさっとしているの!?　ケーキの種を仕込みなさいと言ったでしょ、まったく役に立たないんだから」

慌てて叔母を振り向けば、木杓子《きじゃくし》を手にこちらを睨《にら》んでいる。

「ケーキはオーブンです。もう少しで焼きあがる頃です」

「なあに、おまえこの私に口答えをする気?　やらなきゃいけないことはまだ山ほどあるんだからね。ぼやぼやしていないで、砂糖衣を作ったらどう?　ああ、嫌だわ。いちいち言わなきゃわからないんだから」

「ごめんなさい」

エンジュは肩を落とし、やりかけの仕事を再開する。木鉢の中の砂糖にイチゴ水をたらし木杓子で手早くかき混ぜ、火にかけるとピンクの砂糖衣が出来上がる。

ピンクの砂糖衣で飾った干し葡萄のケーキは、叔母のご自慢のお菓子だった。

もっとも、去年からは専《もっぱ》らエンジュが焼いているのだが……。

そうこうしているうちに、あらかたの料理が出来上がり、村長の家に挨拶《あいさつ》にいったタスクが二、三の客を連れて帰ってきた。

それと同時に裏口が開き、隣の家の主婦が前掛け片手にはいってくる。

「リリア、手伝いにきたよ」

叔母はにこやかに出迎える。

「ああ、よく来てくれたわね。嬉しいわ」

「水臭《みずくさ》いわね、こういうときこそ私を当てにしておくれよ」

「そう言ってくれるのは嬉しいけど、あんたんとこのエムジーはまだ帰らないって言うじゃない。気が引けて……」

「それが水臭いって言うのよ。なにも永遠に帰らないわけじゃなし、それにタスクが手紙を持ってきてくれてね。エムジーの班も五日後には帰ってくるって」

「ああ、それはよかったこと」

母親たちは朗《ほが》らかに会話を続けながら、大皿にできあがった料理を盛りつけていく。

エンジュは、そんな彼女たちに背中を向け、焼きあがったケーキに砂糖衣をまぶしていた。

「エンジュ、ここはもういいから部屋で休んでいらっしゃい」

「はい」

エンジュは反射的に返事をした。だが、すぐにその場を動けなかった。

もうそろそろ昼になる。

いまここで食べ物を貰《もら》わなければ、夕食までなにも食べられないだろう。それではまる一日食事を抜いたことになる。もし、宴会が長引けば、夕食だって貰えるかどうか……。

パンの切り落としが欲しいと勇気を出して言おう。

そう思ったエンジュが、叔母に顔を向けると、隣の主婦が叔母の肩越しに自分を見ている。

その視線と視線が期せずして結ばれた、その瞬間。隣の主婦は、苦い粉薬でも飲んだように、顔を歪《ゆが》めた。

その表情に弾《はじ》かれるようにして、エンジュは急ぎ足で台所を後にした。

その背に聞こえてくる残酷な言葉。

「リリア、あんたは偉いよ。あんな気持ちの悪い娘にまで優しい心遣《づか》いを忘れないなんてね」

「そんな……」

「私には真似《まね》できないよ。言いたかないけどあの娘の目がね、私には薄気味悪くてね。それにしても愛想のない子だ。タスクが重労働から帰ってきたお祝いだっていうのに、休んでいいと言われたらとっとと行っちまうなんてね。家族同然にしてもらっているのに、感謝の気持ちもないのかね」

自分の部屋の扉を閉めても、隣の主婦の声は聞こえてくる。

無理もなかった。

台所のすぐ隣、以前炭小屋にしていた小さな部屋がエンジュに与えられた部屋だ。

壁伝いに台所の物音はすべて聞こえてくる。

「まったく、神さまも時々意地悪をなさる。どうせ命をお召しになるならねぇ……。そりゃまあ、生きてる者がみな神様のお眼鏡に適《かな》ってるわけじゃないだろうさ。だからって、リリア。あんたみたいに善良な人間が、こんな貧乏籤《びんぼうくじ》を引かされるなんて……」

エンジュは、小さなベッドにもぐりこむと、頭から布団を被《かぶ》った。

その暗闇の中で、自分の耳を塞《ふさ》ぐ。

今更聞き飽きた罵詈雑言《ばりぞうごん》ではあったが、だからと言って慣れることはない。

ましてや、いまだ十四歳になったばかりのエンジュである。

人から向けられる悪意に、幼《おさな》く柔らかな心はどうしても傷つけられる。

人に言われるまでもなかった。

流行り病《はややまい》で両親が相次いで亡くなったとき、エンジュは心の底から願った。

自分をひとりにしないで、と。

どうぞ、私も一緒に連れて行って、と。

高熱で燃えるようだった父の手を、母の手を握り締めて、エンジュは何度も何度もくりかえし願った。

けれども、神様はとうとう最後までエンジュの願いを聞き届けてはくださらなかった。

両親という唯一の後ろ盾《だて》を失い、エンジュはたった独《ひと》りで広い世間に取り遺《のこ》されたのだ。

父が耕した畑も世話した家畜も、すべて叔父が相続した。

母が住みやすく清潔に整えた家を、叔母が切り盛りするようになった。

父とエンジュが宝物のように大切にした書斎はタスクの部屋となり、春になると窓の向こうを林檎の花枝が真っ白に飾る二階のエンジュの部屋は、タリアの部屋になった。

いままで当たり前に使っていた品々は、すべてが人の物となった。

頼る者もなく、人の慈悲《じひ》に縋《すが》り生きていくしかないエンジュにとって、この先の未来もいま自分を取り巻く暗闇以上に明るいものになるとは思えなかった。

エンジュは声を殺して泣いた。

自分の身ひとつ、それ以外になにものも持たない孤児《こじ》にとって、生きていくこと自体が、苦《く》行《ぎょう》のようにしか思えなかった。

働くことは嫌いではない。

誰かのために、なにかをすることは、嬉しいことだと思う。

だが、報われることのない労働と、望んでも与えられることのない労《いたわ》りを恋しがり、エンジュは泣いた。

泣いている間は、ひもじさを忘れることができる。

天井近くの明かりとりの窓から、楽しげな笑い声が聞こえてくる。

そのなかにタスクの話し声も混じっている。

おそらく、石切場での出来事を話しているのだろう。

あの優しい従兄のことだ。苦しかった想い出はあえて語らず、おかしかったこと、楽しかったことだけを、話して聞かせているのだろう。だから、笑い声が絶えないのだろう。

その、自分とは縁のない談笑を子守唄に、泣き疲れたエンジュは、やがて眠りに落ちていった。

目が醒めたとき、自分の運命が大きく変わることも知らず、エンジュは暫《しば》し夢に遊ぶ。

泣きながら落ちた眠りの底で、水色の瞳の母は美味しいミートパイを切り分けてくれた。緑の瞳の父は、胸がどきどきするような昔話を聞かせてくれた。

夢の中で、エンジュは間違いなく幸せだった。

だが、どんなに楽しい夢もいずれは醒める。

がくがくと身体を揺すられて、エンジュが目を醒ますと叔母が蠟燭《ろうそく》を片手に立っていた。

下からあたる蠟燭の光が、叔母の顔に不自然な陰影を刻《きざ》んでいた。

それは美人で知られた叔母の顔を、まったく知らないものに変えていた。

「ヒッ！」

エンジュは、我知らず身体を強張《こわば》らせ、喉《のど》の奥でちいさな悲鳴を上げていた。

それが気に食わなかったのだろう。

叔母の手が、エンジュの金の髪をむんずと摑みしめる。

「いたっ！」

「おだまり」

エンジュのもっともな訴えを、叔母の押し殺した声が封じてしまう。

「目が醒めたわね。醒めたなら、大急ぎでこれを着て居間にいらっしゃい。いいこと。きちんと身支度するのよ。みっともない格好でやってきて、私たちに恥《はじ》をかかせたらどうなるか、わかってるわね？」

エンジュは大きくうなずいた。

「わかってるなら、早くしなさい。待たせるわけにはいかないお客様なんだから」

早口でそれだけ言うと、叔母はエンジュの部屋から出ていった。

日はとうに暮れていた。

明かりのない部屋は、鼻をつままれてもわからないほど真っ暗だった。

エンジュは手探りで、服を着替え、お下げをほどき櫛《くし》で梳《と》かした。

上靴を履き部屋を出ると、そこはもう台所だ。

いつの間に宴会は終わったのだろう。台所は綺麗に片付けられ、竈の火も落ちランプは消され、明かりといえば小さな蠟燭一つきりだった。

明るい居間のほうから、客をもてなす叔父の声が聞こえてくる。

「もうじき参りますので、どうぞそちらにお掛けになってお待ちください」

台所をはさんでいても、居間になにやら重苦しい空気が張り詰めていることは感じられた。一人二人ではない人数の気配がする。

客がいるときは、なるべく部屋から出てくるなと言いつけられているエンジュである。本当に自分が居間に行ってもいいものか、不安でならなかった。

考えあぐねていると、居間からタリアが駆け込んできた。炭小屋だった部屋の扉の前で佇《たたず》んでいるエンジュを見つけると、その可愛らしい顔を歪めて、「ちっ」と舌打《したう》ちを聞かせてから、小声で告げる。

「なに突っ立ってるのよ。気味悪い。早くその髪の毛をどうにかしなさいよ。皆様お待ちなのよ」

兄のタスクとは違い、タリアはエンジュをあくまで下女としてあつかう。

従姉であることも、エンジュが年上であることも、タリアには関係のないことだった。

エンジュは仕方なく裏口の脇に掛けられた鏡の前に立った。

そのときになってようやく、叔母から与えられた衣服が、タリアが新調したばかりの晴れ着であることを知った。

丈こそほんの少し短いが、夏服なので気づく者はいないだろう。

痩《や》せているエンジュが着ると、胴回りが少しあまるほどだ。

薄緑のリボンで飾った淡いクリーム色の繻子《しゅす》のドレスは、本来の持ち主であるタリアよりエンジュに似合っていた。

だが、そんな嬉しい感想を、エンジュに聞かせてくれる人は、この世にいない。

エンジュもまた、そんなことを気にする余裕はなかった。タリアのドレスを汚そうものなら、どんな罰を受けるかわからない。それを思うと、身体を動かすことすら恐ろしくなる。

それでも急いで髪を編み、くるりと頭の後ろでまとめた。

長めの前髪を、用心深く額におろしていると、叔母の呼ぶ声がする。

「エンジュ、早くいらっしゃい。お客様がお待ちかねよ」

いつになく優しい声に、エンジュは緊張のあまり固唾《かたず》を飲んだ。

「はい、いままいります」

去年の今頃、壁伝いに聞こえてきた叔父と叔母の会話が不意に思い出された。

タスクがエンジュにかまうのを快く思わない叔父夫婦は、タスクが成人する前にエンジュをどこかにやってしまおうと話していたのだ。

『兄貴もな、どうせ死ぬならあの厄介者《やっかいもの》も一緒に連れて行ってくれればよかったのに』

『余所《よそ》にやると言っても、あれでしょう。奉公《ほうこう》は無理じゃないかしら』

『なに、心配するなって。下働きだけが奉公じゃないからな。引き受けてくれるなら金は要《い》らないといえば、必ず厄介払いができるだろう。タスクには内緒にしないとな』

『本当に、あの子は優しい子だから、あんな薄気味悪い娘に同情なんかして、馬鹿《ばか》な子……』

エンジュの全身から、力が抜けた。

ついに、この家と別れる時がきたのだ。

両親を偲《しの》ぶ、ただ一つのよすが。

生まれ育った家を離れ、父母の墓のある故郷を離れる時がきたのだ。

エンジュは、泣き疲れて眠るほど、流し尽くしたはずの涙がまた込み上げてくるのを、必死の思いで堪《こら》えた。

泣くわけにはいかない。

泣いてはいけない。

叔父は、エンジュの泣き顔を嫌っていた。

指を怪我して泣いているエンジュの頬《ほお》を張り、おまえの泣き顔は吐き気がする二度と見せるなと怒鳴られたことがあるのだ。

エンジュが磨き上げた床の上に、まるで縫《ぬ》いつけられたように動かない足を無理矢理引き剝《は》がすと、彼女は居間に向かった。

「お待たせしました」

失礼にならない程度に俯き、顔を隠すようにしてエンジュはまず挨拶をした。

すぐに若く張りのある声が、エンジュの耳に届く。

「エンジュ・ロムニア嬢ですね」

エンジュは、思わず顔を上げていた。

エンジュ・ロムニア嬢――

自分のこととは思えなかった。

貴族の若者が恋する娘にそう呼びかけるのは、物語のなかで何度も目にしていたが、村では耳慣れない言葉でしかなかった。

「おお……、噂どおりだ」

黒いマントをまとった男が、驚愕《きょうがく》も顕《あらわ》に椅子から立ちあがる。

エンジュは、自分がまだ夢のなかにいるような気がした。

いやきっと、これは夢なのだ。

夢でなければ、目の前の光景を一体なんと説明すればいい。

ロムニア家の居間に、三人の騎士と僧侶《そうりょ》が一人。僧侶のまとう青い法衣は、高僧の証。

それだけではない。

椅子から立ち上がり、つかつかと靴音高く自分に近づいてくる黒いマントの騎士のその胸に

は、星の勲章《くんしょう》が誇らしげに輝いている。

星の形の勲章といえば、聖十字星章。

国王様が手ずから与えることが、法典に定められている勲章は、これひとつだけだった。

黒いマントの騎士は、信じられない思いで呆然《ぼうぜん》と立ち尽くすエンジュの前で立ち止まると、額におろした金の前髪をさらりと、かきあげた。

エンジュの形のよい額が、曝《さら》される。

そこに、目当てのものを見つけて、騎士は瞳を輝かせて呟いた。

「青い瞳と緑の瞳、そして額には赤い花――」

その言葉に、エンジュは凍りついた。

咄嗟《とっさ》に後じさり、両手で顔を隠す。

忌《い》まわしい、二色の瞳に額の痣《あざ》。

神様が、どのような悪戯《いたずら》をされたのか、この世に生まれ落ちたその時に、エンジュに刻まれていた異端の印。

このふた色の瞳が、薄気味悪いと嫌われているのだ。

この額の痣が、血を垂らしたようだと嫌われているのだ。

「見ないで……」

エンジュは、震える声でそう言った。

それ以外に、言うべき言葉を持たなかった。

3

「エンジュ様、先程の不躾《ぶしつけ》をどうかお許しください」

いままで自分が座っていた椅子にエンジュを座らせると、黒いマントの騎士は物語の挿絵《さしえ》そのままに、片膝《かたひざ》をつきエンジュの手を取った。

「わたくしは、国王様に使える騎士、シェリダンと申します。こちらは、トリエル教主」

教主といえば、教皇《きょうこう》に次ぐ高位の聖職者である。

広大な王国に常《つね》に十二名と定められている。

それほどの僧侶《そうりょ》が、なぜこんな辺境に…と、エンジュは呆然としていた。そんなエンジュをさらに驚かせたのは、シェリダンの次の言葉だった。

「此度《このたび》は国王様の勅命《ちょくめい》により、あなた様をお迎えにまいりました」

すぐには言葉の意味が理解できなかった。

「迎え……？」

その言葉の意味を測り兼《か》ね、エンジュは室内に知った顔を探した。

叔父《おじ》も叔母《おば》もタリアも、ただぽかんと口を開け、驚いた表情を隠さない。そのなかで、タスクだけが蒼褪《あおざ》めた顔で唇《くちびる》を固く引き結んでいる。

その表情があまりに苦しげで、エンジュはタスクの顔から目が離せなかった。

「聖なる印をその身に備えた乙女を、国王様はお探しでいらっしゃいました。たまたま足を運んだ採石場で、エンジュ様のお噂を聞き及び、急ぎ参上した次第です」

「サイセキジョウ?」

問い直すエンジュに答えたのは、タスクだった。

「石切場のことだよ」

村の若い男のほとんどが働かされていた石切場で、自分の異相が話題になったのはわからないでもなかったが、それがどんな経緯《いきさつ》で国王様の耳に届いたのかまでは、エンジュには想像もつかなかった。

「姪《めい》に、聖なる印があるのですか?」

咳払《せきばら》いの後でそう尋ねたのは、叔父だった。

「今に伝わる聖なる印は、五つ」

答えたのは、青い法衣の僧侶だった。

「先程、シェリダン殿が指摘されたように、二色の瞳、額に花の形の痣《あざ》、輝く髪、声が美しく、抜きん出た知性」

僧侶が、厳《おごそ》かな声で五つの聖痕《せいこん》を並べ立てるそばで、タリアが意地の悪い表情でクスッと笑った。

「知性？　エンジュにそれがあるとは知らなかったわ」

「タリア！」

母親がたしなめると、タリアは頬《ほお》を膨《ふく》らませてつんと顎《あご》をそびやかした。

「教主様、エンジュはそれはもう賢い娘で、本を読むのを好むんですのよ」

娘の暴言を打ち消すように、叔母は猫撫《ねこな》で声でそう言った。

「読書を好まれる、それはとても喜ばしいことです」

トリエル教主は重々しい口調で言葉を返した。

「それで、エンジュにその印があるとして、これからどうすればいいのでしょう？」

僧侶の答えに気をよくした叔母が矢継《やつ》ぎ早《ばや》に尋ねると、シェリダンは相変わらず片膝をついたまま、エンジュの二色の瞳をひたと見据えて、答えた。

「国王様のもとにお連れいたします」

「いつですの？」

「エンジュ様さえよろしければ、いますぐにでもと言いたいところですが、生憎《あいにく》馬車の用意がございません。数日中には準備万端整えて、改めてお迎えにまいります」

「エンジュのために、わざわざ馬車をご用意くださるのですか？」

「勿論《もちろん》です」

「まあ、なんて勿体無《もったいな》い話でしょう」

「馬車だけではございません。お召し物のご用意も必要でしょう。こちらでなにもかも整えさせていただきます。エンジュ様には、身ひとつでお越し願えればと」

「夢のような話ですわ」

「ただ、あらかじめご了承いただきたいのですが、一度国王様のもとに参られれば、二度と故郷に戻ることは適《かな》いません」

「え？」

エンジュは思わず声をあげていた。

国王様にお会いするということは、あまりに漠然《ばくぜん》としていて実感が湧《わ》かない。

ただ驚くだけだ。

だが、故郷を離れたが最後、二度と戻れないとなれば、自《おの》ずと事情も変わってくる。

奉公のため、故郷を離れると考えるだけで、胸が引き裂かれそうなほど辛いのに、二度と帰ってこられないとなれば、気が遠くなる。

奉公なら、なにかの折節《おりふし》に帰ってくることも許されるだろう。

それならば、その日を楽しみに一生懸命働くこともできようが、初めから帰ることが許されないとは……。

小刻みに震える指先を、エンジュは固く握り締めた。

そんなエンジュの動揺を気にも留めず、叔母がまたはしゃいだ調子で口を開く。

「国王様のお召しですもの、お断りするはずがございませんわ」

叔母の嬉々《きき》とした声だけが、ロムニア家の居間に響き渡る。

「ロムニア夫人」

シェリダンは床から立ちあがると、叔母を振り返り、少し硬い表情で口を開いた。

「少し口を慎《つつし》んでいただけますかな」

「え?」

「たとえ、国王様の招きとはいえ、遠い都に姪御《めいご》殿が旅立たれるのです。かりそめにもその身を案じ、躊躇《ためら》ってみせるのが肉親という者ではございませんか? それとも、辺境では当たり前なのでしょうか?」

シェリダンの辛辣《しんらつ》な言葉に、叔母は色をなくした。

「左様《さよう》」

畳《たた》み掛けるように、トリエル教主が先を続ける。

「聖なる印を持つ乙女は、自らの意思で国王のもとに赴《おもむ》かねばなりません。これは、国王と乙女との間で交わされる聖なる契約。その契約に介入することは、何人《なんぴと》たりとも赦《ゆる》されることではないのです」

教主の厳《おごそ》かな宣言に、沈黙がその場を支配した。

誰一人として、身じろぎ一つできない緊張。

その中、シェリダンは再び跪《ひざまず》いた。

「エンジュ・ロムニア嬢、黒獅子《くろじし》の君カウル陛下《へいか》の思《おぼ》し召しです。我らと共に、都までご足労願えましょうか」

言葉こそ、懇願《こんがん》の形をとっているが、その実これは命令でしかなかった。

都から遠く離れたこの辺境で、国王とは地上の神にも等しい存在である。

その絶対の存在の命に、どうして否《いな》と答えることができようか。

エンジュは口を開いた。いつのまにか乾いていた唇は貼《は》りつき、口を開いた途端、ピッという音にならない音とともに鋭い痛みが走った。

その痛みが、エンジュの唇を固く閉ざす。

水と緑の瞳を閉ざす。

誰のものだったろう。固唾《かたず》を飲む、ごくりという音が静まりかえった部屋に大きく響き渡る。

「わた……しは………」

瞳を閉じたまま、エンジュはふたたび口を開いた。

かろうじて絞り出した声は酷《ひど》く掠《かす》れていて、自分のものとは到底《とうてい》思えなかった。

「私は………」

行きたくない。

父母の墓のあるこの地を離れたくない。

エンジュは心の中で叫んでいた。だが、それをどうしても、言葉にできない。

「エンジュ様?」

先を促すシェリダンの声に、彼女はゆっくりと瞼《まぶた》を上げた。

その瞳が捉《とら》えたのは、燃え盛るような瞳で自分を睨みつける叔母の形相《ぎょうそう》だった。

「……お時間を、ください……」

「わかりました。エンジュ様、わたくしどもに無理強《じ》いする気持ちはございません。ごゆっくりお考えください。

ロムニア殿、色よい返事がいただけるまで、わたくしどもが日参いたしますこと、お許し願いたい」

シェリダンが目顔で了承を求めると、叔父は慌《あわ》ててうなずいた。

「それと、二、三うかがいたいことがあるので、お二方にお時間をいただければありがたいのですが」

シェリダンの言葉は、大人だけで話したいという意思表示に他ならない。

その意を汲《く》み、叔母はタリアとエンジュの背に手を置くと、居間からでていく。

「さあ、もう眠る時間ですよ」

居間を後にすると、エンジュは炭小屋に足を向けたが、叔母は彼女の細い手首を力任せに掴むと、有無《うむ》を言わせぬ勢いで二階へと上がっていった。

「叔母様……？」

「おだまり」

叔母はタリアの部屋にエンジュだけを押し込むと、外から鍵をかけた。

「叔母様!?」

扉の向こうから、押し殺した声が聞こえてくる。

「黙れといったのが、わからないの?」

短い言葉に込められた気迫は恐ろしいほどで、エンジュはそれ以上なにかを話す勇気も尋ねる勇気もなかった。

「ママ、嫌よ。わたしの部屋にエンジュなんかを入れないで!」

部屋の掃除はエンジュにやらせるくせに、タリアが生意気《なまいき》にもそんなことを訴えているのが聞こえてくる。

「タリア、静かになさい。下に聞こえるでしょう。あなたは、今夜は客間で休みなさい」

「えぇっ!?」

「えーじゃないの。言われたとおりにしなさい。そうでないと、厄介払いができないでしょう?」

「でも、……でも、わたし嫌だ。エンジュがいなくなるのは嬉しいけど、エンジュなんかが王様のお城で暮らすなんて、許せないわ!」

「馬鹿な子ね、後でちゃんと話してあげるわ。エンジュを羨《うらや》ましがる必要なんてないのよ」

遠ざかる叔母の言葉に、エンジュの不安が闇雲《やみくも》に掻《か》き立てられていく。

含みのあるその言葉。

ただ、厄介払いができると喜んでいるだけでない、暗い喜びを言葉の端に感じ取り、エンジュはドアの前でしゃがみこんでいた。

彼女がようやく立ち上がることができたのは、窓の外が騒がしくなったからだった。急いで窓を開け、玄関前に視線を落とせば、シェリダンたちが暇《いとま》を告げている。この部屋に押し込められてから、少なくとも半刻は過ぎているだろう。

その間、階下では自分のこれからについて、何事か話されていたと思うと、エンジュは砂を噛《か》むような思いであった。

そんなエンジュに追い討ちを掛けるように、夜半過ぎ叔母が二階の部屋に忍んできた。

「いいこと？　よくお聞き。シェリダン様との約束だから、私も無理強いはしないわ。ただ、これは話してもいいということなので、教えてあげる。国王様は、あんたのどんな願いでも叶《かな》えてくださるそうよ。あんたの願いを全部かなえるようにと、言い付かっているんですって」

窓から差しこむ月明かりに負けないほど、強い光を湛《たた》えた叔母の瞳が、エンジュを刺し貫く。

「そうね……、たとえばお義兄《にい》さんたちの、……あんたの両親よ。そのぐらいわかるわね？　お義兄さんたちのお墓をもっとりっぱなものに建て変えることもできるわ。あんた昔言ってたわよね。町にあるような図書館が欲しいって、それだってあんたが願えばすぐに叶えてくれるわ。そうよ、あんたが一言願いさえすれば、タスクだって上の学校に行ける。凄《すご》いと思わない？　役立たずで、泥炭掘り一つ満足にできないあんたのために、国王様が力をお貸しくださるのよ。夢のような話だわ。そう思うでしょ？」

エンジュの痩せた二の腕をぎゅうぎゅうと掴み、その華奢《きやしや》な身体を揺すぶりながら、叔母は異様な熱をこめて言い募《つの》る。

「よく、考えなさい。いいこと？　よく考えるのよ。よく考えなかったら、どうなるか。ねえ、エンジュ。おまえも知ってるわよね。秋の収穫祭にやってくる旅芸人たちを。あの連中と国中旅して回るのは、さぞかし楽しいことでしょうね」

エンジュは、叔母の言葉に背中に冷水を浴びせられたような心持ちがした。

具体的な言葉は避けているものの、言っている内容はあからさまだった。

シェリダンたちと一緒に国王のもとに行かないのなら、旅芸人に売り飛ばすと言っているのだ。

「よく考えるのよ！」

最後にもう一度吐き捨てると、叔母はようやく出ていってくれた。

エンジュは、ひりひり痛む二の腕をさすりながら、ベッドの上で寝もやらず朝を迎えた。

眠れるはずがなかった。

だからといって、考える必要もなかった。

シェリダンの申し出を受けるにしても、断るにしても、この村にはいられないのだ。

それなら、取るべき道はひとつだった。

受け入れさえすれば、どんな願いも叶えてくれるという。

叔母はそう言った。

あのシェリダンが言ったのなら、嘘ではないだろう。

タスクが口にこそしなかったが、勉強を続けたがっていたことを、エンジュは誰よりもよく知っていた。

いまよりも羽振《はぶ》りがよかったという祖父の代、エンジュの父親は町の学校で、難しい勉強をしていたという。

まだ小さかったタスクが、学校や寄宿舎や町の話をねだるきらきらとした瞳を、エンジュは父の膝の上で何度眺《なが》めたことだろう。

エンジュの父は、その町で母とであったのだ。

父がエンジュのために財産を減らすことさえなかったなら、タスクはロムニア家の男子の常として、町の学校に上がったはずだった。

家督《かとく》を継いだ叔父が、半分近く目減りしている財産に驚いていたことを、エンジュは知っている。

『おまえのために、兄貴は無駄《むだ》金を使ったんだ！』

そう罵《ののし》られた日のことを、いまでもエンジュは昨日のことのように思い出せる。

その瞳の色は無理だとしても、せめて額の痣は消せるだろうと、父は高名な医者や呪《まじな》い師を家に招き、できる限りの手を尽くしてくれた。

そのために、牧場を手放したこともそのとき聞かされた。それが、エンジュに殊更《ことさら》辛くあたるきっかけにもなったのだ。

あの広い牧場を買い戻し、タスクを上の学校に進学させ、両親の墓を立派なものにして欲しいと言ったら、あのシェリダンはなんと思うだろう。
ちっぽけな願いだと嗤《わら》うだろうか、強欲だと蔑《さげす》むだろうか。
どちらでもいいと、エンジュは思った。
少なくとも、二度と故郷には帰れないのだ。
それを思えば、まだ足りないと、エンジュは唇を嚙《か》んだ。
不思議と、涙は零《こぼ》れなかった。

4

叔母《おば》、リリアの言葉に嘘はなかった。

エンジュの父が、彼女のために手放したものは牧場だけではなかった。

代々伝わる銀のカップといった骨董品《こっとうひん》や貴金属、畑が買い戻され、牛や羊は売った数だけ買い足された。

タスクは、本人の希望とその力量に見合った学校への進学がかなえられるよう、青い衣の僧《そう》侶《りょ》が推薦状《すいせんじょう》を書いてくれた。

そして、エンジュの両親の墓は、大理石の立派なものに建てかえられた。

「なんて美しいのでしょう」

大理石に刻まれた父と母の名前を細い指先で辿《たど》りながら、エンジュは心から呟《つぶや》いた。

「お気に召していただけましたか？」

シェリダンの問いかけに、エンジュは静かにうなずいてみせた。すると、聖十字星章を授けられたほどの騎士が、安堵の表情を浮かべる。

エンジュはそれをありがたいことだと思った。

なぜ、国王様が「聖なる印」を持つ娘を探していらっしゃるのかいまだにわからない。

だが、これだけの代償《だいしょう》を払っても惜《お》しくないと、思っておられるのだ。

村で、薄気味悪いと散々《さんざん》言われてきた色違いの瞳と額の痣《あざ》が、遠い都では「聖なる印」と崇《あが》められているのだと、騎士シェリダンとトリエル教主は教えてくれた。

『聖なる印を持つ乙女の誕生は、王国にとって奇跡と言えましょう。それほど珍しいことなのです』

だから、この辺境にある村の人々が「聖なる印」について知らなかったのも致し方ないことだと、青い法衣の僧侶は話してくれた。

少し離れた町に宿をとった彼らは、初めの日に宣言したとおり、毎日村に通い、エンジュの希望をかなえるために奔走《ほんそう》していた。

両親が生きているときでさえ、エンジュは外を自由に出歩くことはままならなかった。

エンジュの顔を見ると、大人たちは嫌悪《けんお》を隠そうとしなかったし、子供たちは好奇心を丸出しにして、色の違う瞳を覗きこみ、気持ち悪いと囃《はや》し立てた。

両親という後ろ盾《だて》を亡くしてからは、それに拍車《はくしゃ》がかかった。

三年前、村に流行《はや》った熱病は少なくない村人の命を奪ったが、二親《ふたおや》とも亡くしたのはエンジュだけだった。

村人のなかには、エンジュの存在そのものが熱病の原因ではないかと口走る者までいたほどだ。

その根拠も、二色の瞳と額の痣《あざ》だった。

エンジュの異相《いそう》を、異形《いぎよう》の証と決めつけ、神に背《そむ》く悪魔や精霊の取り替え子ではないかと、本気で恐れる者もいたのだ。

身内である叔父夫婦だけでなく、村人たちにさえ忌避《きひ》されたエンジュを、遠い都から立派な騎士と高僧が迎えにやってきた。

それはその日のうちに、村中に知れ渡ることとなった。

シェリダンに案内され、教主とともに村の墓地へと足を運ぶエンジュを、村人たちはただ遠巻きに見ていた。

あの薄気味悪い目の色と額の醜《みにく》い痣が、「聖なる印」であると聞かされてもすぐには信じられないのだろう。

村人たちの複雑な表情が、彼らの心情を余すことなく伝えてくる。

エンジュは、その視線の中、俯《うつむ》くことなく歩いた。

彼らが嫌った二色の瞳は、それぞれ父と母から受け継いだ色だ。それが取り替え子の印ではなく、聖なる印だと知ったいま、いままでのように俯く必要はもうなかった。

少なくとも、シェリダンを初めとする三人の騎士に守られ、青い法衣の教主に手を引かれるエンジュに、石を投げたり唾《つば》を吐き掛ける恐れ知らずはいないだろう。

そう思えば、瞳を見られることを怯《おび》える必要はなかった。

トリエル教主が案を出し、シェリダンが指図した墓は、文句のつけようがないほど素晴らしかった。

町から運ばれた大理石の墓石には、木の実のついた枝を咥《くわ》えた二羽の小鳥が、生き生きと刻まれていた。

その上に、父と母の名前が優美な飾り文字で刻まれている。

その墓石の周りには薔薇《ばら》の苗がぐるりと植えられていた。

根が張れば、美しい花を咲かせることだろう。

それを、この目で見られないことだけが残念だと、エンジュは思った。

「これは…、四季薔薇の苗ですね。私がいなくても、花が絶えることはないのですね」

エンジュがそう尋ねると、シェリダンはにっこりと笑った。

「それだけではございません。命日や祭りの日にも花を供えるよう手配してあります」

「ありがとうございます」

エンジュは、心から礼を言った。

いまはもう都に、国王様のもとに赴くことを、嫌だとは思っていなかった。

村にいたところで、父母の墓に参ることすら、この三年間思うにまかせなかったのだ。

それを思えば、かえってこれでよかったのだと、エンジュは思える。

少なくとも、国王様は自分を欲してくださるのだ。

村にいても居場所のなかった自分を、求めてくださるのだ。

それだけでいいと、エンジュは心の中で何度も呟く。

王国にたった十二名と定められた青い法衣の教主が禱《いの》りを捧げるなか、エンジュは瞳を閉じ胸の前で手を合わせ、両親に別れを告げた。

語りかける言葉はなかった。

ただ「さよなら」だけを繰り返す。

シェリダンたちがやってきたあの日から、すでに十日が過ぎていた。

いや、たったというべきか。

たった十日で、エンジュが口にした願いをことごとく叶えた彼らは、明日の朝早く都に帰る。

彼らとともに、エンジュもまた村を離れるのだ。

二度と帰ることのない、旅立ちを迎えるのだ。

後ろ髪を引かれる思いで、両親の墓に背を向けると、少し離れた木の陰《かげ》にタスクが立っているのが見えた。

十日ぶりに見る従兄《いとこ》の姿だった。

シェリダンたちが訪ねてきたときを別にすれば、エンジュはタリアの部屋から外に出ることを禁じられていた。

トイレでさえ、叔母かタリアがついてくるような状態で、それは一種の軟禁《なんきん》だった。

シェリダンに多大な要求を並べ立てた時点で、エンジュが故郷を離れることを覚悟したのはわかっているだろうに、なぜ部屋に閉じ込められなければならないのかと、エンジュは内心首を傾《かし》げていた。

だが、久しぶりに見る従兄の窶《やつ》れた様子に、叔父たちがなにを心配していたのか、エンジュはようやく理解した。

理解したのは、それだけではない。

十日前、早朝の沼でタスクが言った言葉の本当の意味にも、いま気づいた。

彼は、二年待ってくれと言った。

二年たって、祖父の遺産を相続するまで待ってくれと言った。

それは、ただ独立するという意味ではなかったのだ。

病人のように蒼褪《あおざ》めた顔のなかで、タスクのいつもは穏やかな視線が、今日は痛いほど鋭く感じる。

その瞳に浮かぶ不思議な熱が訴える、タスクの心から、エンジュは目を逸《そ》らした。

もう決めたのだ。

決めてしまったのだ。

たった一人、自分が留まることを望んでくれた優しい従兄。

その存在を、いまこの場で忘れようと、エンジュは誓った。

それは初恋と呼ぶには、まだ早すぎる感情でしかなかった。

エンジュが、明日も、明後日も、その先も、いままでどおり村で暮らすのなら、育ったかもしれない気持ち。

それは、明日の朝、失われるものでしかなかった。

痛いほどの視線を肌《はだ》で感じながら、エンジュは白い石畳《いしだたみ》を歩いた。

この道の先になにが待っているのか、わからないまま、顔を上げ前だけを見つめて歩いた。


「あたし、あんたのことなんてちっとも羨《うらや》ましいとは思わないわ」

タリアが、突然そう言ったのは、旅立ちの朝だった。

「あたし、知ってるもん。あんたがなんのために都に行くのか」

まだ薄暗いなか、朝食を運んできたタリアは、シェリダンが用意したエンジュの美しい衣装を横目で眺めながら、可愛らしい顔に意地の悪い笑みを浮かべ、もったいぶった口調でそう言った。

「知りたい？」

「別に……」

「本当は知りたいくせに、無理しちゃって」

「無理なんてしてないわ。知る必要がないだけよ」

「そんな強がりを言ってられるのもいまのうちよ。教えてあげるわ。あんたはね、生贄《いけにえ》にされるのよ」

麦粥《むぎがゆ》をすくうスプーンが止まったことに、タリアは多いに満足した。

「驚いた？　昔はよくあったんですって。ほら、兄さんが連れていかれた石切場。あそこでもね、事故が続いたり怪我人がたくさんでたりすると、結婚前の乙女を神様に捧げて無事を祈ったんですって。それと同じだって、ママは言ってたわ。都は内乱でめちゃくちゃになっているんですって。だから、都にもう災《わざわ》いが起きないように、生贄を捧げるんですって。エンジュ、王様はそのためにあんたを都に呼んだんだからね」

タリアが勝ち誇った笑顔で話すのを、エンジュはただ静かに聞いていた。

「シェリダン様や教主様が優しくしてくださるのも、あんたがもうすぐ死んじゃうからよ。だから、好い気になっていられるのもいまのうちよ」

言いたいことを吐き出したからだろう、タリアの頰《ほお》は薔薇《ばら》色に上気し、瞳は春の若葉のようにあざやかに輝いていた。

エンジュは、従妹の姿を言葉もなく見つめた。

今日を最後にもう二度と会うことはないのだろう。

それを思えば、彼女の暴言に傷つくことはなかった。

むしろ、シェリダンたちが言葉にしようしなかった具体的な理由を知り、かえって落ち着いたぐらいだ。

二度と帰ることのできない故郷を偲《しの》び、切《せつ》ない想いに胸を焦《こ》がし、虚しい時を過ごすよりは、よほど幸せだと思った。

それも都の平和のために生贄となるのなら、ひいては王国のためにもなるはずだ。冷たい視線のなか、人の慈悲《じひ》に縋《すが》って生きるより、誰かのために死ぬほうが生き甲斐《がい》がある。

そこまで考えて、エンジュは思わず小さな笑みを漏《も》らした。生贄として死んでいくのに、生き甲斐という言葉は似つかわしくないと思ったのだ。

「なにを笑っているのよ！」

タリアが顔を顰《しか》めて怒鳴りつける。

「あんた、あたしが嘘をついてると思っているのね？　それとも、生贄って言葉の意味を知らないんでしょ⁉」

「知ってるわ」

タリアは、麦粥を口に運びながら答えた。

「石切場では、たしか生き埋めにしたのよね。人柱《ひとばしら》って言ったかしら。昔、読んだわ。生贄に選ばれた乙女は、白いドレスと花冠で綺麗に飾られて、山の神様の花嫁にされるのよ」

「知ってたの？」

「その話はね。都ではどうなのかしら。石切場と同じなのかしら」

エンジュは、独《ひと》り言《ごと》のように呟くと、麦粥の皿を空にした。

「ご馳走《ちそう》様」

食事を終えたエンジュを、タリアは奇妙に顔を歪めて見つめ下ろしていた。

「あんた、恐くないの?」

「なにが恐いの?」

「あんた、死ぬのよ。殺されるのよ?」

「神様の国には、父様も母様もいらっしゃるわ。もう一度、一緒に暮らせるのよ。恐いどころか、嬉しいぐらいだわ」

平然と答えるエンジュに、タリアは憤《いきどお》りを覚えた。

具体的になにがしたかったわけではない。ただ、都からきた立派な騎士が、いままで馬鹿にしていたエンジュをお姫様のように扱うのが、腹立たしかっただけだ。

だから、少し意地悪がしたかった。それだけだ。

しかしエンジュは、都に行けば殺されると知っても、顔色ひとつ変えるどころか、嬉しいとまで言った。

その心境が、十二歳のタリアに理解できるはずもない。

死に漠然とした恐怖を感じるタリアは、エンジュが恐いと思った。薄気味悪いと思った。

「死ぬことが嬉しい? 気味が悪いこと言わないでよ。もうこれで、薄気味悪いあんたの顔をみないですむと思うと、清々《せいせい》するわ!」

憎々《にくにく》しげにそう言い放つと、タリアはエンジュの膝《ひざ》から朝食のトレイを乱暴に取り上げると、逃げるように部屋から出ていった。

その背中に、エンジュは小さな声でさよならと言った。

それが、二人の永遠の別れとなった。

5

シェリダンが手配した馬車は、四頭立ての立派な馬車だった。

朝霧《あさぎり》の立ち込めるなか、エンジュの見送りに出てきたのは叔父《おじ》夫婦だけだった。

「エンジュ、気をつけてね」

晴れ晴れとした顔で別れを告げる叔母《おば》の隣で、叔父はただ難しい顔で押し黙っていた。

「三年間、ありがとうございました」

エンジュは淑《しと》やかに頭を下げた。

シェリダンに助けられ、馬車に乗り込むとき、二階の書斎、今はタスクが使っている部屋をちらりと見上げた。

厚いカーテンに閉ざされ、部屋の中をうかがうことはできなかった。

最後に、もう一度だけ従兄の顔を見たいと思ったが、それを言葉にするのは辛《つら》すぎた。

すべて忘れるのだ。

この村での十四年間をすべて忘れて、都に向かうのだ。

身ひとつで来てほしいと、シェリダンに言われていた。実際、エンジュのわずかな服や身の回りの品は、荷物にして持っていくには、あまりにみすぼらしかった。

それに、かつて両親が買い与えてくれた品物はみな、いまではタリアの持ち物となっている。

だから、エンジュが唯一《ただ》つこの家から持ち出したものは、タスクがくれた青い表紙の本だけだった。

タリアの部屋に軟禁されて過ごした十日間、この本がどれだけエンジュを慰めてくれたことか。

エンジュは柔らかいソファに腰を下ろすと、青い本を抱きしめた。

「エンジュ様、それは?」

先に馬車に乗り込んでいた僧侶が尋《たず》ねると、エンジュは答えた。

「私の宝物です」

「シェリダン殿」

僧侶は少し慌《あわ》てて騎士を呼んだ。

「なんでしょう、教主様」

「エンジュ様が……」

僧侶が指差すのは、いままさにエンジュが宝物だと答えた青い本だった。

「エンジュ様、その本はお持ちになれません」

「シェリダン様?」

「身ひとつでとお願いいたしました。入城の際、貴女様《あなた》は過去のしがらみから解き放たれた存在でなくてはならないのです。この家から、なにひとつとして持ち出すことはなりません」

初めて聞くシェリダンの断固とした口調に、エンジュは大きく動揺した。

「貴女様は、辺境の村フェイセルで生まれたロムニア家の娘としてではなく、聖なる印を持つ乙女として王城に迎えられるのです。どうぞ、それをお忘れなく」

「嫌です！」

「エンジュ様？」

「私は私です。パウル・ロムニアとエイダ・ロムニアの娘です。国王様が私になにをお望みかは存じませんが、私は私ではない他の者として、都にまいることはできません！」

感情を切り離し、自分の置かれた現状を冷静に判断し、国王の招きを受け入れたエンジュだった。

それは十四歳の彼女には、過酷な選択に他ならない。

いまの今まで、必死に耐えてきた彼女だった。だが、たった一つ、携《たずさ》えていこうと決めた本さえ置いていけと言われて、必死に堪えてきた涙が、堰《せき》を切って溢《あふ》れだす。

「エンジュ様……」

突然泣き出したエンジュに戸惑ったのだろう、シェリダンが情けない声で呼ぶ。だが、エンジュは泣きじゃくった。

いくら泣いても、この人たちは自分を叩いたりはしないだろう。それだけは確かだ。

「晴れの門出に涙は不吉です。どうか、泣き止んでください……、それにその本がそれほどお好きでしたら、都ですぐ同じものをお持ちします」

おろおろと慌てるシェリダンを制したのは、トリエル教主の穏やかな声だった。

「シェリダン殿、涙の理由を軽んじてはなりませんぞ。それに、この世に同じものなど二つとないのです……」

教主のしわだらけの手が、青い本を抱きしめるエンジュの肩をそっと叩いた。

「エンジュ様、その本は置いていきましょう。それが、古くから伝わる決まり事なのです。一方的に強《し》いることを、どうかお許しいただきたい。でも、想い出まで置いていく必要はございません。貴女の心に刻まれた想い出は、あなたが今日まで生きてきた証です。それは貴女だけの宝物です。心に刻まれたものまで、私たちに取り上げることはできません。できるはずがないのです」

教主の言葉に、エンジュの涙が止まった。

「心に刻まれた……？」

「エンジュ様、貴女だけの宝物です」

「想い出……」

「この本を貴女の代わりに、この地に残してまいりましょう。これを見るたび、誰かが貴女を思い出すことでしょう。せめて、そのよすがに」

トリエルはそう言うと、エンジュに右手を差し出した。

彼女は、青い本をその年老いた手に渡す。

それは詭弁《きべん》に過ぎないのかもしれない。

教主のその場しのぎの誤魔化《ごまか》しかもしれない。

それでも、エンジュは納得することができた。

取り上げられるのではない、自《みずか》ら残していくのだ。

たとえ結果は同じでも、その意味合いは大きく掛け離れていた。

「どなたに?」

青い本をシェリダンに渡しながら教主が尋ねると、エンジュは少し掠《かす》れた声で囁《ささや》いた。

「タスク兄様に、……ありがとうと」

「承知しました」

シェリダンは本を叔父夫婦に預けようとせず、家の中に入っていく。

馬車のガラス越しにそれを見ていたエンジュに、教主が小声で話しかける。

「彼らに頼むより、確実でしょう」

その短い言葉に、エンジュはうなずいた。

シェリダンたちもわかっているのだ。

叔父たちが姪《めい》にどんな仕打ちをしてきたかを。

そして、それを快く思っていないことを、こうして示してくれる。

「エンジュ様、どうかご安心ください。都には、貴女の美貌《びぼう》を誉めそやす者はいても、貶《おとし》める

ものはおりません。辺境では奇異に写ったすべてが、都では奇跡と崇《あが》められることでしょう。そして、貴女は生まれ変わる王国の支えとなるのです」

「王国の支え？」

「貴女の献身が、未来の礎《いしずえ》となりますこと、確信しております」

献身――――。

エンジュは、大きくうなずいた。

こんな自分が命を捧げることで、王国に安寧《あんねい》がもたらされるとは信じがたい。だが、誇らしいではないか。

悪魔、あるいは精霊の取り替え子と忌《い》み嫌われた自分が、王国の礎になるのだ。

エンジュが、心の底から湧き上がる静かな誇りに、穏やかな吐息を漏《も》らした時だった。

誰かが馬車の扉を大きく叩いた。

「エンジュ！」

窓ガラスが激しく揺れた。

「行くな！」

突然の大声に、馬が驚き嘶《いなな》く。

「なんで、おまえだけいつも辛《つら》い思いをしなけりゃいけないんだ!? おまえの犠牲で勉強を続けて、それで俺が喜べるかっ！　行くな、行かなくていい！　ぼくが守るから、これからはぼくが守るから、行っちゃだめだ!!」

叔父がタスクを背後から羽交《はが》い絞《じ》めにし、馬車から力ずくで引き剝《は》がし、叔母がその腰に取りすがる。

「馬鹿を言うな、タスク！」

「騎士様、早く行ってください。早く馬車を」

「放せ、放してくれ！　エンジュを行かせないでくれ。どうして、あの子を見殺しにできるんだ？　これ以上、俺を呆《あき》れさせないでくれよ！」

エンジュにはわからなかった。

タスクの顔が歪《ゆが》んで見えるのは、馬車の窓ガラスが歪んでいるからだろうか。それとも、また溢れてきた涙のせいだろうか。

「エンジュ様」

トリエル教主が、エンジュに告げる。

「エンジュ様、私どもに無理強いはできません。お決めになるのは貴女です。聖なる印を持つ乙女は、すべてにおいて許された存在なのです」

「でも、牧場を買い戻していただきました。父様と母様のお墓も、それに、それに――」

「国王様は、人買いではございません」

「教主様？」

「牧場と引き換えに貴女が都に赴《おもむ》かれるおつもりでしたら、それは私どもの手落ちです。なにかを代償にエンジュ様が、国王様の招きに応じられたのでしたら、それは金銭による無理強いに他なりません。誤解が生じているのであれば、私どもも初めからやり直さなければなりません。

国王陛下は、聖なる印を持つ乙女が自らの意思で、王国の礎になることを望んでいらっしゃるのです。エンジュ様、遠慮なくおっしゃってください。貴女の心です。貴女だけが言葉にできる」

エンジュはごくりと喉を鳴らし、乾いた唇を微《かす》かに動かした。

「馬車を――」

声が震えた。

「だしてください」

だが、言葉に乱れはなかった。

自分は、もう決めてしまったのだ。

すでに選んでしまったのだ。

タスクの気持ちが嬉しかった。

石をもって追われるのではない。

たとえ、たった一人でも行くなと惜しんでくれた。

それがエンジュの勇気になる。

「よろしいのですね」

「はい」

うなずくエンジュの心に、もう迷いはなかった。

タスクの気持ちを知ったからこそ、エンジュはこの村を離れることができる。

タスクの気持ちに、同じ気持ちを返せる自信がなかった。

エンジュにとって、タスクは優しい従兄でしかない。この先、その気持ちがどう変わるかはわからない。

しかし、決めるのは今だ。

今現在の感情が、今必要な答えなのだ。

「私は、都にまいります。綺麗な想い出だけを胸に、国王様の下《もと》へまいります」

エンジュは毅然《きぜん》と頭を上げ、トリエル教主の瞳をまっすぐに見つめ、自らの決断を言葉にした。

凜《りん》と響くその声は、もう震えてはいなかった。

「馬車を出しなさい」

トリエル教主が命じると、鞭《むち》が風を切る音が微かに聞こえ、やがて馬車はゆっくりと動き出した。

「エンジュ――――！」

タスクの追い求める声が、夏暁《かぎょう》の空に響く。

その声すらも忘れようと、エンジュは思った。

聖なる印を持って生まれた乙女は、この時まだ十四歳だった。

第二章　宮廷の花

―

辺境《へんきょう》の村フェイセルから王国の中心である都まで、乗合馬車で二十日近くかかると教えてくれたのは、エンジュの父パウルだった。

村を離れ、町の上級学校で学んだ父は、卒業の前年に修学旅行で都を訪れていた。

いずれ機会があれば、家族で都に遊びに行こうと、父はよく口にした。

その言葉に、幼《おさな》いエンジュはどれほど胸をときめかせたことだろう。

いますぐ行きたいと、駄々《だだ》をこねる小さなエンジュに、父は苦笑交じりに言ったものだ。

『馬車の旅はひどく疲れるんだよ。一日中、ガタガタ揺れる馬車のなかで座っていなければいけないんだからね。エンジュはまだ小さいから、一日だって我慢できないんじゃないかな?』

我慢できると喚《わめ》く、聞き分けのない子供に、父は声を荒らげることなく根気よく諭《さと》してくれた。

『おしりがね、そのうち痛くなるんだよ、よく揺れるからね、おしゃべりしていると舌《した》を噛《か》んでしまう。何日も何日も、おしゃべりできないんだよ。それでもエンジュは我慢できるかな?』

『がまんできるもん……』

『お話できないのはエンジュだけじゃないよ。父様も母様も話せない。お話をすると、舌を嚙んでしまうからね。ご本も読んであげられないし、お歌も歌えないよ。それでも我慢できるかい？』

字を習い始めたエンジュにとって、それは拷問《ごうもん》に等しかった。

両親が指で辿《たど》る文字を目で追いながら、物語を読んでもらうことが、家に引き籠《こ》もるしかなかったエンジュの毎日の楽しみだったからだ。

だが、父から聞かされていた苦痛を、エンジュが味わうことはなかった。

安い乗合馬車と、シェリダンが国王の名代《みようだい》として用意した馬車とでは、乗り心地を比べることと自体が間違っていた。

また、馬車には高齢のトリエル教主も同乗している。

その行程は、無理のないものとなっていた。

夜は大きな町で宿をとる。

夜通し走る馬車のなかで寝たこともあると、父は話していたが、エンジュがそんな経験をする機会はないだろう。

馬車のなかでは、トリエル教主が様々な話を聞かせてくれた。

若い頃、信仰の布教のために海を渡り外国に暮らしたことのある教士の話け、いままでフェイセル村からでたことのないエンジュには、初めて聞くことばかりだった。

時折、轍《わだち》が石を踏み馬車が大きく揺れることもあったが、教主が舌を嚙み切るような心配はなかった。

確かに、初めのうちは途切《とぎ》れることのない振動に胸が悪くもなったが、エンジュが青い顔をしていると、教主はすぐに馬車を止めて爽《さわ》やかな空気のなか休憩をとるよう心を砕いてくれた。

そんなときは、町から新たに加わった馬車からお茶やお菓子が運ばれ、戸外でのお茶会となった。

夏を迎えたいま、山々は緑に溢《あふ》れ、花々が咲き乱れるなか、美味《おい》しいお茶やお菓子をいただくのは、なによりも楽しい時間だった。

「お疲れではございませんか？　退屈ではございませんか？」

愛馬にまたがり、馬車と並走するシェリダンは、休憩のたびに同じ質問をする。

それがおかしくて、エンジュがつい笑ってしまったのは、四日目の昼下がりだった。

その途端、シェリダンもトリエルも目を瞠《みは》り、動きが止まった。

「ごめんなさい」

エンジュは慌《あわ》てて謝った。

自分を心配して、何度も尋《たず》ね確かめてくれるシェリダンを笑うなんて、情のないことをしてしまったとおろおろしていると、聖十字星勲章を下賜《かし》されたほどの騎士が、小さく首を振りながら嬉《うれ》しそうに言ったのだ。

「エンジュ様、謝罪などなさらないでください。初めて笑顔を見せてくださったので、見蕩《みと》れてしまったのです」

思いがけないシェリダンの言葉に、今度はエンジュが固まってしまう。

すると、トリエル教主がすかさず言葉を継ぐ。

「エンジュ様、貴女《あなた》が笑ってくださると、私どもも嬉しくなるのですよ。それに貴女の笑顔は、とても愛らしい」

教主の言葉は、エンジュには大袈裟《おおげさ》に思えた。それに、面と向かって誉められたことのないエンジュには照れくさくてならなかった。だが、シェリダンもトリエル教主も、口先だけの嬉しがらせを言うような人物ではないことを、この数日の間にエンジュは理解していた。

だから、嬉しい言葉を素直に受け取ろうと思った。

実際、十四歳の幼い身で、碌《ろく》な食事も与えられず、来る日も来る日も追い立てられるように働かされていた数日前とは違い、いまは毎日が楽しかった。

勿論《もちろん》、夜になれば、二度と戻ることのない故郷を思い、枕を涙で濡《ぬ》らすことが新しい日課となりつつあったが、昼間は違う。

目にするもの、耳にするもの、口にするもの、すべてが初めての体験。

十四歳の少女には、なにもかもが新鮮で、好奇心は多いに刺激される。

それに、出発の際の遣《や》り取りで、エンジュが読書を心から好むのだと実感したのか、シェリダンは立ち寄る先々で必ずといっていいほど書店に立ち寄り、エンジュのために本を買い求めてくれた。

村には書店がなかったので、本は貴重品だった。父とふたり、書斎は宝箱だと言っていたエンジュには、毎日のように増えていく本は、なによりも嬉しい贈り物だった。


フェイセル村を朝も明けやらぬうちに旅立ってから、十五日目の昼下がり、エンジュの乗った馬車は、街道を離れ静かな森の中を走っていた。

賑《にぎ》やかな轍の音に驚き、逃げ去る鹿《しか》や栗鼠《りす》の愛らしい姿に、エンジュは瞳を輝かせた。

深緑の木立を抜けると、眩《まぶ》しい陽光が車窓に差しこむ。開けた視界の先にあるのは、白亜《はくあ》の城だった。

「まあ！」

エンジュはため息交じりに感歎の声を漏《も》らすと、息を呑んだ。

それはエンジュが生まれて初めて見る「本物」のお城だった。

「雪でできているみたい……」

トリエル教主は、エンジュの拙《つたな》い賛辞《さんじ》の言葉に笑みを零《こぼ》した。

詩人文人が、言葉を尽くしてこの秀麗《しゅうれい》な城を誉めそやすのをいままで飽きるほど聞いてきたが、目の前の少女の表情ほど心がこもっていたろうか。

城の正面にしつらえた美しい噴水を迂回《うかい》して、馬車は車寄せに停まった。

シェリダンに助けられ馬車を降りたエンジュは、大きな瞳を零れんばかりに見開き、瞳を泳がせている。

大きく開かれた扉の左右に、揃いの服を着た男女が並びお辞儀《じぎ》をしている。

開け放たれた扉の向こうには、豪華なシャンデリアが差しこむ光を受け、鈍く輝いている。

「エンジュ様」

動こうとしないエンジュに、シェリダンが訝《いぶか》しげな声をかけると、聖十字星章の騎士に手を預けたまま、少女はため息のような声で囁《ささや》いた。

「御伽噺《おとぎばなし》のお城だわ」

すると、エンジュの言葉に答えるように、透き通った声が聞こえてきた。

「白鳥《しらとり》城にようこそ」

エンジュはその声の主に瞳を向けた。

そして、自分は夢を見ているのだと信じて疑わなかった。

それほど美しい女性が、白百合《しらゆり》を片手に城から現れたのだ。

「エンジュ様、お待ちしていました。私は白鳥城城主アリシア・レ・ファラザンドと申します。エンジュ様のご滞在を心から光栄に存じております」

美しい城主は、華やかな笑顔で歓迎の口上を述べると、優雅にひざを折り、手にしていた白百合をエンジュに捧げた。

エンジュは差し出された白百合をどうすればいいのかわからず、思わず目顔で左右に控えるシェリダンとトリエルに助けを乞《こ》うていた。うなずくふたりに励《はげ》まされ、エンジュが白百合を受け取ると、シェリダンが答礼する。

「ご城主の歓迎を心から嬉しく思います」


「私は、この美しいお城が国王様のお城だと疑いもしませんでした」

エンジュが頬《ほお》を染め、自分の思い違いを言葉にしたのは、お茶の席でのことだった。

「なんて可愛らしいことをおっしゃってくださるのでしょう」

麗《うるわ》しき城主アリシアが、嬉しそうに小首を傾《かし》げると、黒い巻き毛が優しく揺れた。

「エンジュ様。白鳥城が美しいことに私も異論はございません。でも残念なことに、美しいだけでなく立派な城と聞かれれば、国王様の居城を第一に挙げないわけにはまいりませんの」

「でも、でも、私はこのお城が大好きです」

エンジュがますます頬を赤くして、熱のこもった口調で断言すると、アリシア姫の笑顔もまた更に深いものとなった。

「ありがとうございます、エンジュ様。聖なる乙女にそうまでおっしゃっていただければ、この城の名もまた上がることでしょう。でも、鳳凰《ほうおう》城をご覧《らん》になれば、またお気持ちが変わるかもしれませんわ。本当に素晴らしいお城ですもの」

そう言ったアリシア姫の笑顔が僅《わず》かに翳《かげ》ったように思えて、エンジュは急いで言葉を継いだ。

「勿論《もちろん》、国王様が住まわれるお城ですもの、私ごときには想像もできないほど、立派なものだと思います。でもこのお城を大好きだと申しましたいまの気持ちに、嘘はございません」

言い終えた後で、エンジュは決まりが悪くなった。この三年間、自分の意見を口にするたび、生意気《なまいき》に口答えをするのかと叔母《おば》に叩かれていたことを思い出したからだ。

この優しげな麗人《れいじん》が叔母のように自分を叩くとは思えなかったが、生意気だと嫌われるのは耐え難《がた》かった。

「エンジュ様」

アリシア姫はソファの上で居住まいを正すと、軽く頭を下げた。

「ありがとうございます」

エンジュは、アリシア姫の感謝の言葉に驚かされた。ありがとうと言ってもらえるようなことはなにもしていないつもりだ。

「エンジュ様のお言葉で、私はいま大切なことを思い出しましたわ。そうですわね。いまの気持ちを大切にしなければなりませんわね。

エンジュ様、私も貴女様が大好きですわ」

自分の頬が熱くなるのを、エンジュはどうすることもできなかった。嫌われるどころか、大好きだとまで言われて、エンジュは思わず俯《うつむ》いてしまった。

両親以外の人に面と向かって大好きだと言われたのは、生まれて初めての経験だった。

顔を真っ赤にし、恥《は》ずかしそうに俯いたエンジュを、アリシア姫やシェリダンたちがどれほど優しい目で見つめていたか、彼女は知らない。

逆境にあっても、エンジュの飾ることを知らない素直な性格は損なわれることがなかった。

それが、三人を不思議なほど惹《ひ》きつけたのだ。


シェリダンとトリエル教主が、エンジュに暇《いとま》を告げたのは次の日の朝食の席でだった。

「わたくしどもはひとまず先に都に戻り、エンジュ様をお迎えする準備を整えようと思います」

白鳥城のあるファラザンドから都までは、馬で五日ほど離れている。

「すべての準備を整え、迎えが来るまでの間エンジュ様は、この城で宮廷の作法について学んでいただきます」

アリシア姫が麦粥《むぎがゆ》をスプーンでかき混ぜながらそう言うと、トリエル教主がめずらしいことに忍び笑いを漏《も》らした。

「教主様?」

「いや、失礼。ですがアリシア姫、食べ物を突つきまわしながら作法を口になさるのはいかがなものでしょう?」

教主のもっともな言葉に、アリシア姫ははっとスプーンを握り直し、麦粥を口に運んだ。

「姫は幼い頃から、粥の類はお嫌いだったはず。ご無理をなさいますな」

浮かぬ表情で最後の麦粥を飲みこんだアリシア姫は、あくまで優雅にティーカップを手にすると、花の香りをつけたお茶を一息《ひといき》に飲み干した。

「無理などしておりませんわ。私も大人になるに従い、味覚が変わりましたの。いまではお粥も美味しくいただけるようになりましたわ」

そう言ってにっこり微笑《ほほえ》む様は、艶《あで》やかな花が咲き誇るようだったが、そのすぐ後で侍女にお茶のお代わりを頼んだことが言葉を裏切っている。

教主は満面に笑みを湛《たた》え、シェリダンは肩を震わせ笑いを堪《こら》えるなか、エンジュが羨《うらや》ましげなため息をついた。

「どうされたのです、エンジュ様?」

「あ、すみません。食事中にため息などついて……」

「いいえ、それよりなぜため息を?」

アリシア姫が続けて問うと、エンジュははにかみながら口を開いた。

「大人になれば味覚が変わるのですか?」

「ええ、めずらしいことではありませんわ」

「そうですか……。それなら、いずれ私もアリシア姫のように麦粥を美味しく思えるようになりますね?」

エンジュが恥ずかしそうに笑うと、三人は驚いたよう顔を見合わせた。

「エンジュ様、あのエンジュ様はもしかして、麦粥がお好きではないのかしら?」

「はい、幼い子供のようで恥ずかしいのですが、味はともかくぶつぶつどろどろした舌触《したざわ》りがどうしても好きになれないんです。あ、でもこのお粥はとても美味しいです」

慌てて言いつくろうエンジュを余所《よそ》に、アリシア姫とトリエル教主が非難がましい目線をシェリダンに向ける。

「シェリダン殿?」

教主を無視するように、シェリダンは慌ててエンジュに尋ねた。

「エンジュ様、ご朝食は毎日麦粥なのでは?」

「はい、叔父が豚を飼っておりますので、毎朝麦粥を炊《た》くのが私の仕事でしたから」

その一鉢《ひとはち》の麦粥ですら、泥炭《でいたん》掘りから遅く帰ると、豚の餌箱に落とされていたことは、あえて言葉にしなかった。

「亡くなられたお母様はお料理は上手でいらっしゃいました?」

アリシア姫が、唐突《とうとつ》に話題を変えた。エンジュは、母のことを問われたのが嬉しく、姫の質問に隠された本意に気づかぬまま、口元を綻《ほころ》ばせて答えた。

「はい、村で評判の料理上手でした。母は町の生まれだからでしょうか、どんなお料理にも一工夫がありましたし、盛り付けが町の料理屋で出されるもののように美しいと、結婚式のような祝い事があると、必ず手伝いに呼ばれていました」

「美味しい上に見た目も美しいなんて、素晴らしいわ。それでは、お母様が作られた朝食もさぞかし美味しかったことでしょうね」

「はい、それはもう」

「特に美味しかったのは？」

「オムレツです」

　エンジュは楽しそうに話した。

「ふわふわでなかはとろっとしていて、パンに塗りつけるとお日様をいただいているようで幸せになりました。パンも毎朝、違うものを焼いてくれました」

「まあ、どんなパンかしら？」

「真っ白な小麦のパンもあればライ麦の黒いパンもありました。お砂糖とミルクでほんのり甘いものもあれば、表面がかりっとして硬いものもありました。このパンに溶けたチーズを塗ると本当に美味しいんです。あとは、胡桃《くるみ》のパンも美味しかった。噛めば噛むほど美味しく感じられるんです。それにパンに塗るバターも母は自分で作っていました。母の作ったバターとジャムさえあれば、どんなパンでも一層《いっそう》美味しくなるんです」

　エンジュは幸せだった頃の朝の食卓を思い出したからだろう、空と森の色を映した瞳をきらきらと輝かせて話した。

　それは、見ているものまで幸せにする表情だった。

　アリシア姫とトリエル教主は再びシェリダンに冷たい視線を向けた。

　シェリダンは旅の初めに、エンジュに朝食に希望はあるかという意味で、「朝はなにを召しあがりますか？」と尋ねたのだが、エンジュは普段なにを食べているのかという意味で受け取ったのである。

だから、エンジュは麦粥と答え、シェリダンはそれが辺境の習慣なのかと勘違《かんちが》いをした訳だ。

言葉が足りなかったわけだが、麦粥が子供の嫌う食べ物の筆頭なだけに、姫と教主の非難も仕方なかろう。

「素敵なお母様ね、私も一度食べてみたかったわ」

アリシア姫がそう漏らすと、エンジュは少し考えてから口を開いた。

「私、焼きましょうか？」

「エンジュ様？」

「ご迷惑でなければ、私焼きます。もっとも母のパンには遠く及ばないとは思うのですが……」

言い終えて少しはにかむ姿は、純真をそのまま絵にしたようだった。

「パンを焼けるなんて。エンジュ様、私にお教えいただけますか？」

「勿論《もちろん》です」

「ああ、嬉しい。それでは、食事が終わったらすぐにお願いできますかしら？」

「ええ。どのようなパンを焼きましょう？」

「日保ちがするものを。そう……、それに一口食べただけで幸せな気分になるものを」

「わあ、難しい注文ですね」

その日、白鳥城の召使たちは、麗しの城主が白い粉塗《まみ》れになって、パン種をこねる姿を目を丸くして見守ることとなった。

初めて厨房《ちゅうぼう》に立ったアリシア姫であったが、教師の教え方がよかったのだろう。無事、それらしきものができあがった。

エンジュが選んだ「幸せな気分になるパン」は、乾し葡萄《ぶどう》をたっぷり入れ、表面に杏《あんず》ジャムを塗ってからくるっと丸めて焼いたもので、ほんのりと甘いパンだった。

エンジュが焼き上げたものは、そのかたちといい味といい、申し分のないもので、胡散臭《うさんくさ》げに見守っていた料理番をも唸《うな》らせる出来映えだった。

なぜアリシア姫が、日保ちのするパンを希望したのか、シェリダンとトリエル教主が出発する段になって、エンジュはようやく理解した。

見送りに立ったアリシア姫は、焼き立てのパンを籠《かご》にいれトリエル教主に手渡したからだ。

「エンジュ様のパンです。これ以上の旅の慰めはございませんでしょう、教主様？」

トリエルはうんうんとうなずきながら、まだ暖かいパンを受け取った。

「休憩のときに、皆様でお分けになってください。でも」

「でも？」

トリエルが先を促すと、アリシア姫は悪戯《いたずら》そうに瞳を輝かせた。

「シェリダンは数に入ってませんから」

「姫、なぜそのような意地悪をおっしゃるのです？」

「勿論、麦粥の罰《ばつ》ですわ」

アリシア姫の一言に、聖十字星章の騎士は肩を竦《すく》めて天を仰《あお》いだ。

「アリシア姫、それではシェリダン様がおかわいそうです。ひもじいのは、とても辛《つら》いものです」

いまにも泣き出しそうな顔で言い募《つの》るエンジュに、三人は言葉を失った。

三人はそれぞれの立場から、ひもじい体験をしたことがある。シェリダンは闘いの最中で、トリエルは修行の一環として、アリシアはその運命の転換期に。

ひもじいことが、辛いことを身をもって体験している。

だが、それは責任ある立場になってからのことだ。言いかえれば、自《みずか》ら選んだ人生のなかで、体験したのだ。

だが、エンジュは違う。

叔父夫婦の理不尽《りふじん》な仕打ちのため、味わった苦痛だ。

まだ、庇護《ひご》を受けてしかるべき年齢で、与えられた経験だった。

それもほんの数日前まで――。

それを思うと、彼らの胸は痛む。

「シェリダン」

麗しの城主は、小麦粉でまだらになった黒髪を振り、したり顔で言った。

「エンジュ様の嘆願《たんがん》に感謝なさいませ。あなたの罪は許して差し上げますわ。その代わりに、私の願いを叶えてくださるかしら？」

「それはもう喜んで」

「では、国王様にこうお伝えください。王国は素晴らしい宝を見出した、と」

「姫、その伝言に少し付け加えてもよろしいですか？」

「なんでしょう？」

「その宝の傍《かたわ》らで、白獅子《しろじし》の恋人は楽しそうに笑っていた、と」

アリシア姫は、小さくうなずいた。そして、よく晴れた夏の空を見上げ、その花の蕾《つぼみ》のような唇《くちびる》から、優しく囁いた。

「ええ、楽しそうに笑っていたと、笑うことを思い出したとお伝えください」

シェリダンとトリエルは、エンジュに再会を約束すると、都に向けて旅立っていった。

2

白鳥《しらとり》城で過ごした数日間は、エンジュにとって少女期の最後を飾る、美しい日々だった。

アリシア姫と過ごした時間は、ごく短い時間でしかない。

だが、その短期間に、姫から受けた影響は計り知れない。

十四歳のエンジュにしてみれば、七歳年上のアリシア姫は大人の女性であり、幼《おさな》い頃から繰り返し読んだ絵物語の姫君そのもの。

少女の憧《あこが》れそのものだった。

アリシア姫の父、ファラザンド領主エルリク侯爵《こうしゃく》は宰相《さいしょう》としていまだ年若い国王を補佐する立場にあり、領地は嫡男《ちゃくなん》に任せ、都に構えた邸宅で暮らしている。

白鳥城の城主とはいえ、アリシア姫も普段は都で暮らしている。

この美しい白亜《はくあ》の城もファラザンド領主の公的な居城ではない。領内にいくつかある城の一つでしかない。

女性的な優美な姿から長女であるアリシア姫に与えられたものである。

城を維持《いじ》するには莫大《ばくだい》な費用がかかることを考えれば、普段は無人となる城をいつでも使えるように管理しているということは、ファラザンド領が豊かである証になるだろう。

これ一つを例にとっても、アリシア・レ・ファラザンドが姫君と呼ばれる貴族の令嬢の中でも、際立《きわだ》つ存在であることがわかる。

その上、彼女の美貌《びぼう》は宮廷の花の中の花と謳《うた》われていた。

艶《つや》のある美しい黒髪と白い肌《はだ》、長い睫《まつげ》が影を落とす紫《むらさき》の瞳は、名だたる画家が一度は己《おのれ》の画布に閉じ込めたいと切望するほどだった。

作法を学ぶという名目で、エンジュは白鳥城に滞在することとなったのだが、三日が過ぎてもアリシア姫は講義を始める気配がない。

訝《いぶか》しく思ったエンジュが恐る恐る尋《たず》ねると、姫はそれが癖《くせ》なのだろう、小首を傾《かし》げて微笑《ほほえ》み困ったようにつぶやいた。

「だって、教えることがないんですもの」

その言葉にエンジュが戸惑っていると、姫はくすくすと声を立てて笑った。

「私、この数日で、トリエル教主様のお気持ちが、痛いほどわかりましたわ」

わからないのはエンジュだった。

「トリエル教主様には、今回三つのお役目がございましたのよ。一つは、聖堂の代表として聖なる印の確認をすること、もう一つは古い教えに従い無理強《じ》いすることなく乙女の受諾《じゅだく》を得ること、そして最後の一つは語学教師」

「語学教師？」

「そう、語学教師。信仰の誓いで諸国を巡礼されたトリエル教主様は、語学に堪能《たんのう》でいらっしゃるの。フェイセルは辺境の村でしょう。乙女が宮廷で恥《はじ》をかかずにすむように、言葉の癖《くせ》を直すのも大切なお役目だったのよ。それなのに、エンジュ様は都で生まれた姫君のように美しい発音なんですもの。張り切っていた教主様はさぞかしがっかりされたことでしょう」

「それでは、アリシア姫もがっかりされたのですか?」

エンジュが肩を落として尋ねると、アリシア姫は少し口を尖《とが》らせて、詰《つ》まらなそうに言った。

「そうよ、がっかりいたしましたわ。エンジュ様、私の作法の先生はそれは厳格な方でした。背筋を正し優雅に歩くため、私は長い物差しを背中に縛り付けて、その上頭には重い本を載せて、広い舞踏室の端から端まで二時間も歩かされたことが何度もございましたわ。どんなに辛かったか。私はまだ九つでしたのよ。それに、楽しいはずのお茶の時間に、物音を立てたりお菓子の欠片《かけら》をこぼそうものなら、手の甲をその場で叩かれるの。エンジュ様も怖い先生だと思ってくださるでしょう?」

アリシア姫の気取らない話し振りに引き込まれ、エンジュもその厳格な教師に憤慨《ふんがい》し大きくうなずいた。

「だから、エンジュ様がいらしたら、そっくりそのままお返ししてあげようと思っていたの」

「え?」

「それなのに、エンジュ様は立ち居振る舞いも食事の作法も非の打ち所がないんですもの。

私、それはもう残念に思っていますのよ」

　思いがけない話の展開に、大いに戸惑うエンジュだった。だが、自分の顔を覗《のぞ》き込むアリシア姫の瞳が、楽しそうに輝いていることに気づいた。

「もしかして、冗談ですか？」

「どうでしょう？」

　白鳥城でのエンジュの毎日は、至極《しごく》のんびりしたものだった。

　規則正しい生活と、その合間を彩《いろど》る〟娯楽〟。

　それが、貴族の姫君の日常だった。

　嫌悪のまなざしのため、家に閉じこもりきりだったエンジュは、物心ついた時分から読書や家事で退屈な時間を過ごしていた。

　城の二階にある書斎で、アリシア姫と二人詩を朗読したり、心地のよい風がそよぐテラスでおしゃべりをしながら刺繍《ししゅう》を刺すのは楽しい時間だった。

　目新しい〟娯楽〟は、乗馬とダンスだった。

　真夏の太陽が昇りきる前の涼しい時刻、アリシアはエンジュを乗馬に誘う。

　乗馬服に身を包み、大きな馬の背に初めてまたがったとき、そのあまりの高さと上下の揺れにエンジュは眩暈《めまい》を覚えたものだ。

　だが、それが日課となればやがて体が覚えていった。

　アリシア姫は、エンジュの運動神経が優れていると驚いていたが、それはダンスの時間も同様だった。

もともと姿勢がよい上、ほっそりとしたエンジュはドレスの端をつまみ立っているだけで見映えがした。

都から連れてきた侍女の中に、たまたま竪琴《たてごと》の名手がいたので、彼女に音楽を頼みアリシアが男性のステップを踏んで教えたのだが、エンジュは飲み込みが早い上、音感がよかった。

ダンスの経験はまったくないと言っていたとおり、はじめのうちはギクシャクしてぎこちなかったが、エンジュはすぐにダンスが点と線であることを理解した。

一拍ごとに決められたステップやポーズがあり、ステップからステップ、ポーズからポーズへの移動が流れを作る。多くの人は、ステップやポーズにだけ気を取られ、その流れにまでは気が回らないものだ。

とにかく決められた形さえ間違えなければ、踊りは成り立つからだ。

だが、うまいといわれる踊り手は、流れにこそ人の目を惹《ひ》く魅力がある。

エンジュが空間に描く線は、優雅な曲線だった。

この数年、宮廷では輪舞《ロンド》が流行《はや》っている。

男女がそれぞれ列を作り輪となって、パートナーを変えながら、ゆるいテンポの曲にあわせて踊るのだ。

おそらく、エンジュはいずれ人々の目を奪う踊り手となるだろう。

それを自分の目で確かめる機会がないことを、アリシア姫は少しだけ寂《さび》しいと思った。

エンジュに、教えることがないとアリシアは言ったが、この「姫君の口常」こそが、アリシアのレッスンだった。

作法を教えるといっても、時間は限られている。

宮廷だけで使われる言葉や作法は、宮廷の花と謳《うた》われるアリシアにとっても、煩雑《はんざつ》で覚えきれないほどだ。

それを短期間で教えることに意味はないとアリシアは判断したのだ。

それは、宮廷で必要に応じて覚えていけばいい。

それよりも、宮廷人に辺境の生まれと侮《あなど》られないよう、基本的なことを伝授しようと思ったのだ。

幸いなことに、トリエル教主が言ったとおり、エンジュの発音に問題はなかったし、言葉遣《づか》いにも問題はなかった。

読書を好むことはシェリダンから聞かされていたが、本が貴重品である辺境で生まれ育ったにもかかわらず、エンジュの読書量は半端ではなかった。そのおかげで語彙《ごい》が豊富である。

言葉の矯正《きょうせい》は時間がかかる。その点に問題がないのは、ありがたいことだった。

その外見のため、家の中で閉じこもりがちだったからか、立ち居振る舞いに乱暴なところは見当たらなかった。

ややもすると俯《うつむ》きがちになるのが、欠点といえば欠点だったが、それも十四歳という年齢を考えれば愛らしい仕草に見える。

アリシアは、自分に任された役目が想像よりも楽であることに感謝した。

彼女は、エンジュのために美しいドレスを何着も用意した。

そのとき、唯一こだわったのは裾《すそ》の長さだった。

村にいれば、一生裾を引きずるようなドレスに縁のなかったエンジュが、少しでも早く美しい裾捌《すそさば》きを身につけるよう、長めのものを用意させたのだ。

あとは、「姫君の日常」を通して手本を示すだけでいいはずだと、アリシアは考え実行した。

そして、それは想像以上の成果をあげたのだ。

白鳥城での滞在が二十日を過ぎる頃には、エンジュの立ち居振る舞いは洗練され、貴族の姫君と比べてもなんら遜色《そんしょく》がないものとなった。

都から使者がやってきたのは、「かわいい生徒」の挙げた期待以上の成果に、アリシアが心から満足を覚える頃だった。

「エンジュ様、明日都からシェリダンが騎士団を率いていらっしゃるわ」

3

「エンジュ様、お久しぶりでございます」

「騎士シェリダン、皆様のご訪問を心から歓迎いたします」

今回、城主であるアリシア姫に代わり、エンジュが白百合《しらゆり》をシェリダンに手渡した。

この一輪の花が、鍵を意味することを、エンジュはこの時はじめて教えられた。

白鳥城《しらとり》では、城主であるアリシアの趣味と城の名前から白百合と決めているという。

白百合のない季節には、造花を用いるそうだ。

アリシア姫の兄が、実質的に城主を務めるファラザンド城では、樫《かし》の枝がそれにあたるらしい。

「エンジュ様、しばらくお会いしない間に、また美しくなられましたね。頬《ほお》が薔薇《ばら》色におなりだ」

白百合を受け取ったシェリダンが、にこやかに告げるのを、エンジュは複雑な思いで聞いていた。

美しくなったと言われても、それを真に受けることはなかった。

痩《や》せている上、十四歳になっても背が低く子供のような体型を、エンジュはひそかに苦にしていた。

従妹《いとこ》のタリアが、二つ年下にもかかわらず、自分より背も高く、日を追うように娘らしい体つきになっていくのを、羨《うらや》ましく思っていたのだ。

それに、アリシアという誰もが認める美姫《びき》の傍《かたわ》らにいて、美しいと言われても信じられるはずがない。

そうでなくとも、自分の顔を見るだけで、顔を顰《しか》める村人の視線に傷ついてきたエンジュだ。

信じろというのが無理な話である。

しかし、頬が薔薇色になったと言われたことは、嬉しかった。

シェリダンが言うとおり、頬が薔薇色になったのなら、それはアリシア姫のおかげだと、エンジュは思う。

彼女は、食事のたびにエンジュの皿に目を配り、手ずから料理を切り分けてくれるのだ。

給仕係が手持ち無沙汰《ぶさた》になるほど、甲斐甲斐《かいがい》しく世話をしてくれるのだ。

「もっとたくさんお食べなさい。エンジュ様は痩せすぎよ。このバターソースは、料理番のお得意なのよ。残すなんてもったいないわ。パンにつけて食べてごらんなさい。スープのお代わりは？」

テーブルに並ぶご馳走《ちそう》は、エンジュの好きなものばかりだった。

エンジュが、一言でも美味しいと言えば、その料理は必ず次の食事のときにもだされる。

朝食に、麦粥がでてくることはもうなかった。

焼きたてのパンと卵、わざわざ泡立てたバターと甘いジャム、新鮮な野菜と果物、燻製《くんせい》にした肉や腸詰《ちょうづめ》が、朝から食べきれないほどテーブルを賑《にぎ》わす。

叔父夫婦に引き取られてからは、度々《たびたび》ひもじい思いをしてきたエンジュは、ずいぶん食が細くなっていた。

だが、エンジュが皿を空にすると嬉しそうに笑ってくれるアリシアに喜んでもらいたい一心で、エンジュは努力したのだ。

それは、なんと楽しい努力だったろう。

美味しい料理をお代わりするだけで、美しい姫君が花が綻《ほころ》ぶように笑ってくれるのだから。

それに食事だけではない。

毎晩、贅沢《ぜいたく》にもミルクで顔を洗うのも、アリシア姫の指示だった。

皮膚《ひふ》を美しく保つ秘訣《ひけつ》だそうだ。

おかげで、それまでの辛い労働で、かさかさに乾いていたエンジュの肌は、本来の白さを取り戻しつつある。その上、しっとりとして張りのあるものに変わりつつあった。

髪の輝きを増すために、三日に一度、蜂蜜《はちみつ》を塗ってから髪を洗う。それもアリシアの指示だった。

本当に頬が薔薇色になったのならば、それはすべてアリシア姫のおかげ、それをエンジュは嬉しく思うのだ。

シェリダンが率いてきた騎士団は、総勢二十名。彼らは着く早々、広間で遅い昼食を摂《と》ることとなった。

アリシアはシェリダンと内密の話があるということで、書斎に場所を移すことになった。

それを聞いたエンジュは、部屋に引き取ろうと思った。

正直、二十人もの騎士が賑《にぎ》やかに食事を楽しむ気配が、エンジュを怯《おび》えさせていた。

そんなエンジュの気持ちを察したのだろう、アリシア姫がエンジュにこう切り出した。

「エンジュ様、申し訳ないのですがバラを切っていただけます?」

エンジュが、この城に滞在してもうじき一月《ひとつき》になるが、入浴と就寝以外でアリシア姫の傍《かたわ》らを離れるのは初めてのことだった。

薔薇園は、白鳥城の裏手にあり、園丁《えんてい》を別にすれば滅多《めった》に人が訪れることはない。

エンジュは、侍女に花籠と花鋏《はなばさみ》を借りると、騎士団の目に触れぬよう、そっと城を抜け出し薔薇園へと急いだ。

夏も終わりの頃、薔薇の盛りを過ぎたとはいえ、遅咲きの花がその色を競い、咲き誇っていた。

咲き初めの蕾を選び、鋏を入れていく。

静かな奥庭に、城の喧騒《けんそう》は届かない。

エンジュは、つばの広い麦藁帽子《むぎわらぼうし》を目深《まぶか》にかぶり、心地よい緑の風の中、薔薇を選んだ。

侍女から、アリシア姫のお部屋に飾る薔薇だと聞かされ、特に美しい花をと、夢中になる。

だから、薔薇園に近づく人影に気がつかなかった。

茎からその色を吸い上げたように淡く緑をぼかしたような白薔薇の蕾《つぼみ》を見つけ、エンジュは二色の瞳を輝かせた。

間違いなく、今日の薔薇園で一番美しい花だった。

この一輪は、ガラスの花瓶に挿《さ》して化粧台に飾ったらどうだろう。

エンジュはアリシアの喜ぶ顔を想像しながら、その手を伸ばした。

指先に鋭い痛みが走った。

葉に隠れていた刺《とげ》に気づかなかったのだ。

エンジュが小さな悲鳴をあげ、刺を刺した指を無意識のうちに口元に運んだ時、横合いからその手を摑《つか》む者がいた。

「誰!?」と、尋ねる間もなかった。

指先に感じる生暖かく濡れた感触。

突然の闖入者《ちんにゅうしゃ》は、エンジュの指先をなんの躊躇《ためら》いもなく咥《くわ》えると、小さな傷を舌先で舐《な》め上げる。

「いやっ！」

エンジュは、咄嗟《とっさ》に身を捩《よじ》り、大きく後じさった。

その勢いで、エンジュの麦藁帽子が緑の下草にぱさりと落ち、金色の髪がさらりと揺れた。

指先に感じた不本意なぬくもりは、たちまち風にさらわれ冷えていく。

それは、いまのエンジュの気持ちそのものだった。

取り戻した指を胸の前で握り締め、エンジュは目の前に立つ闖入者に非難の目を向ける。

それは、一人の騎士だった。

夏の日差しに輝く金の髪は、良質の蜂蜜を思わせる濃い色だった。

上から見下ろす双眸《そうぼう》は、目が覚めるほどあざやかな青。

従兄のタスクよりは大人だろう。シェリダンよりは、まだ若い。

絵物語の王子のように、美しい青年だった。

だが、エンジュは怖いと思ったのだ。

目の前の騎士のまなざしが、あまりに鋭くて怖いと思ったのだ。

「エンジュ・ロムニア？」

青年が口を開いた。

エンジュの肩がぴくりと動いた。

「おまえがエンジュだろ？」

ぞんざいな口調は、村で聞き飽《あ》きていた。だが、ここ最近の穏やかな生活に、忘れかけていたのもまた事実。

エンジュは怯《おび》えていた。

見知らぬ人物の、鋭い視線に怯え、口を聞ける状態ではなかった。

「なんだ？　言葉がわからないのか？　俺は辺境の訛《なまり》などわからないぞ」

その嘲《あざけ》るような口ぶりが、エンジュの神経を逆撫《さかな》でする。

「あなただって………」

「なんだ、聞こえないぞ？」

「あなただって！」

エンジュは声を張り上げた。

「あなただって、辺境で生まれれば、辺境の言葉を話していたことでしょう！」

無礼な騎士を怒鳴りつけながら、エンジュは自分に驚いていた。怒鳴られることはあっても、人に怒鳴ることなど、いままで一度としてなかったのだから。

慣れないことをして息を乱すエンジュに、青年はしばらく目を瞠《みは》り、それからげらげらと笑い出した。

「なっ、なによ！」

戸惑い、憤慨《ふんがい》し、頬を真っ赤に上気させ、エンジュはさらに怒鳴りつけた。

「笑わないで！　笑わないでよ！　失礼だわ!!」

青年は腹を抱《かか》えひとしきり笑った後で、ゆるい癖《くせ》のある髪をかきあげ、朗《ほが》らかに言った。

「そんなに真っ赤になって怒るな。話に聞いていたのとはずいぶん違うから、おかしくてね」

「話？」

「ああ、シェリダンもトリエル教主も、おまえが風にも耐えないような花の蕾《つぼみ》だって言うので、どんなお人形さんかと思ってたのさ。それがこんなに威勢《いせい》のいいお嬢ちゃんだとはね」

「……シェリダン様も教主様も、私を買いかぶっていらっしゃるのだわ」

エンジュが、独り言《ひとりごと》のように呟《つぶや》くと、青年はふふんと鼻で笑ってみせた。

「でも、俺は話に聞くおまえより、いまのおまえのほうがいいぞ。めそめそ泣くだけの人形より、生きてる人間のほうが何倍も魅力的だからな。それに――」

無礼な青年は、不意に手をのばすと、不躾《ぶしつけ》なことにエンジュの顎《あご》をとらえ、その白い小さな顔を上向けた。

「――本当にいたんだな」

驚き、抗議しようと口を開きかけたエンジュだったが、思わず言葉を飲み込んでいた。

それは、青年の瞳のせいだった。

先程まで、射抜くような鋭い視線を投げていた青い瞳が、いまはずいぶんと穏やかになっていた。

そうなると、青年の瞳がとても澄んでいることに気づく。気づいたのはそれだけではなかった。左の眉と瞼《まぶた》の先に、白い傷跡があった。

それは小さな傷跡でしかなかったが、場所が場所なだけに、目を惹《ひ》く。

刃物がかすった傷跡だということは、世慣れぬエンジュにも理解できた。もし、刃が深く切り込んでいたら、この一対《つい》の美しい青玉《サファイア》はその片方を永遠に失っていたことだろう。

「なるほど、…空の瞳と、森の瞳……。トリエルめ、うまいことを言う。おまえ、想像していたより、ずっと美人だな」

誉め言葉に慣れていない、エンジュである。

シェリダンの心からの賛辞さえ、社交辞令と聞き流した彼女が、この無礼で不躾《ぶしつけ》な青年の言葉に、心を動かされるはずがなかった。

むしろ、口の片端を引き上げ、にやりと笑う青年の表情に侮辱《ぶじょく》されたと感じたのは、エンジュ一人の罪ではなかった。

「手を離して」

エンジュは、そんな言葉とともに、青年の手を叩き落していた。

「おお、こわ。どこが人見知りではにかみやだ。シェリダンとトリエルに文句を言ってやらなければな」

青年が何気なく漏《も》らした言葉に、エンジュは不安を覚えた。

自分に何を言われようとも、それは我慢ができる。でも、自分に優しくしてくれた、シェリダンやトリエル教主が、自分のせいで非難されるのは辛い。

「お二人は悪くないわ。だって、村にいるときの私は、本当に人見知りだったんですもの」

「ふうん、すると村を出てから性格が変わったのだな?」

「そうだと思います」

「なぜだ?」

「それは……、きっと…、人の目を恐れなくていいと知ったから……」

「おまえは人目が怖かったのか？」

エンジュはこくんとうなずいた。

「村では、私のこの瞳は薄気味悪いと言われてましたから。でも、シェリダン様と教主様がいらして、教えてくださいました。都では、この瞳もこの額の痣《あざ》も、誰も醜《みにく》いとは思わないって」

「ああ、そのとおりだ。皆、美しいと誉めそやすだろう。俺も綺麗《きれい》だと思うぞ」

エンジュは、少し驚いた。青年が、とても真面目《まじめ》な表情で言ったからだ。

無礼で不躾ではあるが、騎士に取り立てられたぐらいだから、それだけではないのだろう。

「ありがとうございます」

エンジュは、心からそう言った。目の前の青年が、お世辞《せじ》だけは言わないだろうと、思えたからだ。

「ふん、シェリダンの言葉にも真実はあるようだな。彼の言うとおり、おまえはそうやって笑っているほうがいい。

それで、おまえは……その偏見《へんけん》に満ちた村が嫌で、国王の招きに応じたのか？」

「……それもあります」

「ということは、それだけではないのだな？　教えてほしい。エンジュ、おまえはなぜ、国王の招きに応じた？　おまえは何のために、招かれたのかわかっているのか？」

矢継《やつ》ぎ早《ばや》の質問に、エンジュはそっと微笑むと、足元に落ちていた麦藁《むぎわら》帽子を拾い上げ、青年に背を向けた。

「ええ、わかっています。従妹《いとこ》から聞きました。私が犠牲《ぎせい》になることで、王国に平和が訪れるのであれば、それは私にとって身に過ぎた喜びです」

「犠牲?」

「ご存知ありません?」

エンジュは、首をめぐらし、背後の青年を盗み見た。

「ああ、おまえの言う犠牲が、どんな意味を持つのかわからない」

エンジュは躊躇《ためら》った。

この騎士に話していいものか、判断がつかなかったのだ。

薔薇園に沈黙が落ちる。

それは短いものだった。だが、青年が痺《しび》れを切らし、口を開く。

「犠牲というからには、おまえは都で何が待っていようと、従うつもりなのだな」

「はい」

「もし、国王が死ねと言えば、それにも従えると思うか?」

エンジュは、青年に背を向けたままひっそりと笑った。

青年のあてずっぽうが、正鵠《せいこく》を得ていた。

「両親が私を遺《のこ》して亡くなったとき、なぜいっしょに連れて行ってくれないのかと、私はとても悲しく思いました。そんな私ですから、死ぬのは決して怖くないのです」

ていた。

「呆《あき》れたな」

青年が吐き捨てるように言った。その口調に怒りを感じ、エンジュは思わず後ろを振り返っ
そこに待っていたのは、あの青い瞳だ。

それは、穏やかでもなければ、鋭くもない。

ただ、凍《い》てつく氷のように冷ややかだった。

「死を恐れぬおまえを、俺は潔《いさぎよ》いと思う。それは間違いない。だが、この世界の美しさを知りもしないで、唯《い》々諾《いだく》々《だく》と死を受け入れるおまえを、俺は哀《あわ》れと思う」

「哀れでしょうか？　誰かが私を必要としてくれる。その方のために、この身を捧げることが哀れでしょうか⁉」

「ああ、俺は哀れだと思うぞ。死にたいなら、自分で死ね。人に頼るな。死にたくないなら、死にたくないと言えばいい！」

「あなたは先程、美しい世界とおっしゃった。私が死ぬことで、都に、ひいては王国に平和が訪れるのなら、私の犠牲は哀れまれるものではないはずです」

「ははん、なるほど読めてきたぞ。おまえの従妹とやらは、おまえを人柱《ひとばしら》にするつもりで国王が都に招いたとでも吹き込んだな？　その覚悟で、おまえは国王の下に行くわけだ」

エンジュは、何も言わなかった。だが、青年にとって、それ以上雄弁な答えはなかった。

青年は、冷ややかなまなざしでエンジュを正面から見据えると、静かに言った。

「おまえの覚悟はよくわかった。それなら、なんの遠慮も要《い》らないな」

目の前の青年ほど、遠慮という言葉の似合わぬ者もいないのではないかと、エンジュはふと思った。

そう思うと、なにやらおかしくて、口元が綻んでくる。

「決めた。俺はおまえをいつも笑わせてやろう。おまえに幸せを教えてやろう。美しいものをたくさん見せてやる。その覚悟で都に来るがいい」

まるでなにかに挑むように、青年は口早にそれだけ言い捨てると、小脇にはさんでいたものを、エンジュの花籠に無造作《むぞうさ》に放り込んだ。

「これは？」

それは、青い装丁の本だった。

銀の箔《はく》文字で書かれたタイトルは、確認するまでもない。——天の階《きざはし》。

「おまえは、その本が好きなのだろう？　シェリダンから聞いた。俺の本棚から、持ってきてやった。ありがたく思え」

傲慢《ごうまん》な口調で感謝を強要すると、青年は来たときのように唐突に背を向け、エンジュの前から立ち去っていく。

「待って！　あなたの名前!?」

エンジュがその背に声をかけたが、青年は答えなかった。

後ろを振り返ることなく、右手を挙げひらひらと振るだけだった。

「待って!!」

虚《むな》しく呼びかけながら、エンジュは青年を嵐のようだと思った。

無礼で不躾《ぶしつけ》で、それでいてどこか優しい。

そして、わけのわからない言動で、エンジュを翻弄《ほんろう》した嵐。

「いいもの。あとでシェリダン様にお伺《うかが》いするから……」

だが、薔薇を切り終え城に戻ったエンジュに、その猶予《ゆうよ》はなかった。

アリシア姫との話を終えたシェリダンは、エンジュの帰りを待ち構えていた。

聖十字星章の騎士は、片ひざをつき、騎士の最高の礼をとり、エンジュに告げたのだ。

明日、正式な迎えが白鳥城にやってくることを。

そして、午後には都へ向けて旅立つことを。

エンジュは、時が来たことを知った。

そのとき、脳裏《のうり》にあざやかに浮かんだのは、物語の挿絵《さしえ》。

白いドレスに花冠をつけた少女は、神への供物《くもつ》。

山を二つ越えた石切り場で、事故が続くと近くの村から、生贄《いけにえ》の少女は選ばれたのだ。

そしていま、選ばれたのは自分。

エンジュは、ふらふらとアリシアの下に近づいていった。

宮廷の花と謳《うた》われる美姫は、黒い巻き毛を揺らし、両手を広げ、エンジュの華奢《きゃしゃ》な肢体《したい》を抱きとめる。

エンジュは、アリシアの温かい腕の中で、目を瞑《つむ》った。
そして、母の空色の瞳を想った。
その色がいつもより濃いことには、気づかなかった。

4

麦月朔《むぎつきついたち》の出来事を、エンジュは一生忘れることは出来ないだろう。

その日の朝、エンジュは日の出前に起こされた。

ファラザンド領から都まで五日の行程を、エンジュを乗せた馬車は七日で進んだ。

最後の宿は、都まで数刻の地にある王家の離宮《りきゅう》だった。

朝日の差し込む浴室で、エンジュは湯浴《ゆあ》みをすませ、この日のために用意された衣装をまとった。

それは、純白のドレスだった。ハイウエストで切り替え、長くドレーンを引くそのドレスは、袖《そで》と裾《すそ》にあしらった白いレースのほかに飾りらしい飾りのない、シンプルなデザインだった。

しかし、素肌《すはだ》に触れるその感触は、快感だった。光の加減《かげん》で、花の模様が浮き出るそれは、エンジュが生まれて初めて目にする美しい布だった。

二人の侍女が、エンジュの柔らかい金髪を黄楊《つげ》の櫛《くし》で時間をかけて梳《くしけず》り、背中に流す。

すべての支度が終わった頃、緑のドレスに身を包んだアリシアが、花冠を手にエンジュの部屋にやってきた。

「エンジュ様、あなたはいまから聖なる印を持つ乙女《おとめ》として、都に入り、国王様の下《もと》へ向かわれます」

エンジュはこくりとうなずいた。

怖《こわ》くないといえば、嘘になる。すでに死を覚悟したつもりでも、いざとなれば震えてくる。小刻《こきざ》みに震える小さな拳《こぶし》に、アリシアの手がそっと触れる。

「聖なる印を持つ乙女は、自《みずか》らの意思で国王の下に赴《おもむ》くと伝わっています。誰も乙女に無理強《じ》いはいたしません。してはならないのです。

国王様は、乙女に城の鍵を渡します。そのとき、ひとつだけ願い事をなさいます。あなたには、それを拒《こば》む自由があります。国王様の希望を叶《かな》えられないと思えば、鍵を受け取らなくてもよろしいのです。それを咎《とが》めることの出来る人間は、この地上にはおりません。だから、よく考えてお決めください。エンジュ……、」

アリシアがエンジュの名前を、名前だけを、優《やさ》しく呼んだ。

「私は、あなたのことを妹のように思っていてよ。いつでも、私を頼ってほしい。信じてほしい。あなたの行くべき場所は、ひとつではないことを覚えていてね」

言い終えると、アリシアはエンジュの頭上に花の冠《かんむり》を載せた。

それは、白一色のドレスを補うように、さまざまな色を持つ花で編まれた、美しい冠だった。

白いドレスに花冠。それは石切場の人柱となった乙女の最期の装束と同じだ。

アリシアは、紫の瞳を心なし細めて、心からの賛辞《さんじ》を言葉にした後で、エンジュの頬《ほお》に小さなキスを落とした。

「とても素敵だわ」

一月《ひとつき》近く、共に過ごしたアリシアとは、ここで別れることとなった。

離宮の車寄せには、小さな無蓋《むがい》馬車が待っていた。

村から都までの旅で、これが一番小さな馬車だった。だが、もっとも豪華で華やかな馬車でもあった。

金色に輝く馬車は、紅薔薇《べにばら》と白薔薇で溢《あふ》れ返っていた。

どこに座ればいいのだろうと、エンジュが戸惑ったほどだ。

馬車を引く六頭の白馬は、金の鈴を鬣《たてがみ》に飾り、御者《ぎょしゃ》は銀の衣装をまとっていた。

それは、エンジュが子供の頃何度も繰り返し読んだ、御伽噺《おとぎばなし》の再現だった。

エンジュを乗せた金の馬車はゆっくりと動き出した。

しゃんしゃんと華やかな鈴の音をお供に、聖なる印を持つ乙女は、都を目指した。

すべてを見て回るのに、十日でも足りないといわれる王国の華。

その言葉にふさわしく、城門は天に聳《そび》える高楼《こうろう》。

その見上げるような門扉《もんぴ》は、エンジュを迎えるべく大きく左右に開け放たれていた。

金の轍《わだち》は、軽やかに回る。

からりと回るたび、エンジュは己の運命と向き合うことを余儀《よぎ》なくされる。

轍がからりと回るたび、エンジュは己の死に近づいて行く。

体が震える。抑えても抑えても、体の奥からこみ上げてくる、恐怖。

噎《む》せ返るような薔薇の香りに、胸が焼ける。

花冠が重い。重くて、重くて、頭が痛む。

手足が冷たい。指先が痺《しび》れる。

気が遠くなる。

エンジュが、迫りくる死の恐怖に、耐《た》えがたく思っているとき、彼女を乗せた金の馬車は城門をくぐりぬけた。

その瞬間、――エンジュの耳に届いたのは、耳を劈《つんざ》くような歓呼の声だった。

沿道は、人で埋め尽くされていた。

彼らは、金の馬車を歓声と花吹雪《ふぶき》で迎えたのだった。

エンジュは、自分が夢を見ているのだと思った。

自分に向けられる数多《あまた》の視線。

そこに嫌悪はなかった。

あるのは歓喜。

疑いようのない、好意――。

シェリダンの言葉に嘘はなかった。

彼らは聞いているはずだ。自分の瞳《ひとみ》が二色であることを。額には痣《あざ》があることを。

それを知った上で、彼らは自分を受け入れてくれたのだ。

それは、エンジュにとって、紛《まぎ》れのない幸せだった。

この人たちのためならば、私は死ねる。

エンジュはそう思った。

もう怖くはなかった。

心は、先程までの恐怖が嘘のように、凪《な》いでいた。

市街地を抜けると、林が広がる。人の姿はなかったが、気配は痛いほど感じられた。

視界が開けたとき、壮麗《そうれい》な城とその前庭を埋め尽くす群衆に、エンジュは瞠目《どうもく》した。

いつ馬車が停まったのか、エンジュは覚えていない。

どうやって自分が、城の階段を上っていったのか、覚えていない。

気がつけば、彼女は階段を上りきり、群衆を見下ろす高みに立っていた。

暦《こよみ》は秋になっていたが、磨きぬかれた大理石の表面で強い夏の日差しが、まばゆく跳《は》ね返っている。

あまりに眩《まぶ》しくて、エンジュは二色の瞳を瞬かせた。

広いテラスになっているこの場所にも、たくさんの人が立っている。

エンジュは、視線を彷徨《さまよ》わせた。

ここで、これから自分は、いったい何をすればいいのかわからなくて、無意識に助けを求めていた。

そして、彼女は見つけた。

記憶の中にある瞳を。

見知った面影を。

青い青い瞳が、目の覚めるほどあざやかな蒼《あお》い双眸《そうぼう》が、まっすぐに自分を捕らえている。

エンジュの足が動いた。

それは、現実感のないものだった。

雲の上を歩いているような心持ちで、彼女は無意識に足を動かしていた。

真《ま》っ青《さお》な瞳に吸い寄せられる。

蜂蜜《はちみつ》色の髪。眉《まゆ》と瞼《まぶた》の先にある白い傷。

数日前、白鳥《しらとり》城の薔薇園で言葉を交わした青年が、金の鍵を手に、エンジュを待っていた。

彼は、口の片端を引き上げにやりと笑ってから、口を開いた。

「聖なる印を持つ乙女よ」

エンジュの足がぴたりと止まる。

「我と共にありて、我が支えとならんことを、我は祈願《きがん》する」

城の鍵を手に、朗々と声を張り上げ、ただひとつの希望を口にするこの青年が何者なのか、エンジュはそのとき初めて知った。

「…………国王様？」

「覚悟してきたか？」

「覚悟？」

「もう忘れたのか？　だが、死ぬ覚悟があれば、なにひとつ怖いことなどあるまい？」

からかうようなその口ぶりに、エンジュは間違いなく煽《あお》られた。

エンジュは白い手を伸ばし、金の鍵に触れた。

彼女は、自《みず》らの意思で、自分の未来を選び取ったのだ。

青年は、瞳を輝かせ、エンジュの肩を抱きよせ、正面を向いた。

群衆の歓呼があたりを揺るがす。

青年は、その歓声に負けまいと軽く腰をかがめ、小さなエンジュの耳元に顔を寄せると、笑いを含んだ声で言った。

「エンジュ、俺の名は、カウルだ。カウル・レ・ジーニアス。おまえの夫の名前だ。忘れるなよ」

エンジュは、長い夢だと思った。驚きの連続に、自分は夢を見ているのだと、信じた。

青年の言葉の意味を、考える余裕などあろうはずがなかった。

そのとき彼女が考えていたのは、カウルという名前が父の名に似ているということだった。

それだけだった。

いまエンジュは、天蓋《てんがい》つきの豪奢《ごうしゃ》なベッドの上で、今日一日を振り返っていた。

金の鍵を受け取ったあと、エンジュはそれを使い、カウルと共に城への第一歩を刻んだ。

すぐに別室に引き取り、次の衣装に着替える。

その衣装もまた、純白の絹《きぬ》のドレスだった。

だが、デザインはアリシア姫がエンジュのために用意したものと同じく、いま流行のスカートを大きく膨《ふく》らませたものだった。

一面に、銀糸で薔薇の縫《ぬ》い取りがあり、朝露《あさつゆ》を表しているのだろう、小粒真珠《こつぶしんじゅ》が縫いとめられた豪華なものだった。

髪は、真珠を連ねた紐《ひも》を編みこんだあと、複雑な形に結い上げられた。

胸元には、ブルーダイヤを中央に据えたレースを思わせるネックレスが飾られた。

ショコラの入ったカップを手渡してくれたのが、アリシア姫だと気づいたとき、エンジュは泣きたくなった。

「幸せになってね」と、彼女がささやいたのもまた、夢のようだった。

たったまま焼き菓子をショコラで流し込み空腹をなだめると、エンジュは城の横手にある聖堂へと導かれた。

そこもたくさんの人で埋まっていた。

足をすくませるエンジュの前に、差し出された手はトリエル教主のものだった。

見知った顔に安堵したエンジュは、教主の手を取り、やっとの思いで赤い絨毯《じゅうたん》を進んで行った。

祭壇の前で跪《ひざまず》き俯くよう促され、訳のわからないままそれに従った。その姿勢で、次の指示を待っていると、カウルがやってきて、同じように跪く。

聖歌隊が祝祭歌を歌い上げるなか、緋《あか》い衣をまとった法王が祭壇に立った。

法王が短い禱《いの》りを神に捧げ、カウルとエンジュを聖水で清める。

法王が、呟いた短い言葉を、繰り返すようカウルに耳打ちされ、それにも従った。

なにを聞き、なにを言葉にしたか、はっきり思い出せない。

ただ、カウルと声を揃えて、法皇が呟く呪文のような言葉を、真似《まね》たことだけは覚えている。

それが終わると、カウルは立ち上がり、エンジュに頭を上げるよう命じた。

言われたとおり、顔を上げたエンジュの瞳に映ったのは、煌《きら》めく宝石で飾られた冠だった。

なぜ、金の冠が自分の頭に置かれたのか、エンジュはまだわかっていなかった。

カウルに助け起こされ、二人で腕を組み、聖堂を後にした。

気がつくと、先程着替えた部屋で、また着替えていた。

今度も白いドレスだったが、金糸で蔓草《つるくさ》の刺繡《ししゅう》が施されたそれは、満月の光を縫いとめたように光を弾いている。

結い上げていた髪はほどかれ、鏝《こて》を使いウェーブを施された。その頭上には先程の冠がふたたび置かれた。

息をつく間もなく、カウルに手を引かれ、大理石のバルコニーに出た。一向にやむ気配のない歓呼に、笑顔で手を振って応えるようカウルに耳打ちされた。

言われたとおり、作り笑いで手を振りながら、エンジュは自分が人形になったような気がした。

日が翳《かげ》ってきた頃、人々の声に背を向け、城内に戻った。そのまま連れて行かれたのは呆《あき》れるほど大きな広間で、そこもまた人でいっぱいだった。

目の前のテーブルにはご馳走が所狭しと並んでいたが、手をつける余裕はなかった。

聖堂に行く前、無理矢理ショコラで流し込んだ焼き菓子が、まだのどに支《つか》えているような気分だったし、お祝いを言いにくる人が途《と》切《ぎ》れることがなかったからだ。

大広間でどのぐらいの間座っていたのか、エンジュにはわからなかった。

短いようにも思えたし、長いようにも思えた。

気がつくと、二人の侍女に手を引かれ、薄暗い廊下と階段をずいぶん歩いて、知らない部屋に連れて行かれた。そこで湯浴みをし、また着替えた。

下着をつけずに、頭からかぶるようにして身に付けたのは、やはり純白の寝衣だった。

髪が乾いた頃、年配の婦人がやってきて、雪花石膏《アラバスター》のキャンディボックスから薔薇の香りのするピンクのキャンディを取り出した。

「どうぞ、お召し上がりください」

言われるまま口にすると、濃厚な薔薇の香りが口いっぱいに広がる。それはエンジュに、金色の無蓋馬車を思い出させた。噎《む》せ返るようだった薔薇の香りに、また胸が焼けてくる。

それに、どうしたわけか、舌の先がぴりぴりと痺《しび》れてくる。

エンジュは、すぐにキャンディを吐き出したかったが、眉間《みけん》にしわを寄せ厳《きび》しい表情で、自分の口元を凝視《ぎょうし》する老婦人が空恐ろしく思えて、我慢するしかなかった。

「噛《か》んではなりません。無理矢理飲み込んでもなりません。ゆっくりと舌の上で舐《な》め溶かしてくださいませ」

舌の上で、キャンディがあらかた溶けた頃、部屋の扉がノックされた。

四人の侍女がエンジュをはさむようにして、前後に二人ずつ立ち、また城の中を延々と歩かされ、連れて行かれた部屋がこの広い寝室だった。

赤い薔薇の花びらが散らされた褥《しとね》にあがるよう言われ、上靴を脱ぎベッドに横になった。

枕に頭をつけると、カミツレの香りが仄《ほの》かに漂ってくる。その清潔《せいけつ》そうな香りに包まれて、ようやくエンジュは細く長いため息をつき、今日一日を振り返ることができた。

目まぐるしい一日だった。

いまだに、自分にとって今日がどんな日だったのか、エンジュにはまるでわかっていなかった。

疲れてはいたが、神経が張り詰めているからだろうか、眠れる気がしなかった。

エンジュは体を起こし、ベッドの枕もとに控えている侍女に恐る恐る声をかけた。

明かりを消してほしかったのだ。

ところが、不思議なことに声が出ない。

いや、声がでる、でないの問題ではなかった。舌がまったく動かないのだ。唇の感覚も、どこかはっきりしない。そう、痺れて動かないのだ。

エンジュの脳裏に、老婦人がよこしたピンクのキャンディが浮かんだ。濃厚な薔薇の香りと、舌先に感じたぴりぴりとした刺激が思いだされる。

話せないことに恐怖を覚え、エンジュがベッドの上で完全に起き上がったとき、勢いよくドアが開かれ、寝室に大勢の人が入ってきた。軽く見積もっても、三十人より少ないことはないだろう。

その大多数が男性だった。皆、立派な身なりをしていた。肌の色が違う異国人もまじっている。

寝室に男性が入ってきたことに、エンジュは本能的な恐怖を覚えた。

救いを求めて、見知った顔を探した。

だが、いまこの城内で、エンジュが知っている人間は、たったの四人。アリシア姫とシェリダンとトリエル教主。それと、カウルだ。

エンジュは、顔色をなくし、がたがたと震えていた。

ベッドの周りを取り囲む、たくさんの人間たちに、心の底から怯《おび》えていた。

こわばった表情で、ベッドの上で体をちぢこめていると、ふたたび扉が開き、新たな人物がやってきた。

ベッドを取り囲んでいた人たちが道を開ける。そこを歩いてくるのは、カウルだった。

エンジュは、言葉を交わしたことのある人物の登場に、安堵《あんど》の息をついた。

しかし、カウルの蒼い瞳に剣呑《けんのん》な光を見つけ、また緊張する。

ベッドの脇に立ったカウルは、エンジュの身に付けているものとまったく同じ寝衣を着ていた。それは、成人男性にはいささか滑稽《こっけい》で、エンジュは思わず顔を綻《ほころ》ばせた。

それに応えるように、カウルもまた微笑《ほほえ》んだ。

この異様な状況の中、エンジュの心は揺れ動いていた。

それをさらに煽《あお》るかのように、カウルが、ベッドにあがる。

すぐ隣で、体を伸ばすカウルが信じられなくて、エンジュの不安と恐怖はいやがおうにも高まっていく。

恐慌《きょうこう》状態にあるエンジュの心になど、注意を払う者は皆無《かいむ》だった。

いつの間に入ってきたのか、法王が供を二人引き連れ、ベッドの枕もとに立つ。

「禱《いの》りなさい」

その短い一言には、拒むことを許さない断固とした響きがあった。

自分の隣でカウルが手を組んだ。それを横目で確認し、エンジュも同じように胸の前で手を組み合わせ、瞳を閉じた。

法王が、祝福の言葉を唱え、お供の若い僧侶が聖水を撒《ま》いた。

その飛沫《しぶき》を肌に感じ、エンジュは思わず目を開いた。すると、驚くほど近くに、カウルの蒼い瞳があった。

なぜ、この人の瞳はこんなにも蒼《あお》く澄んでいるのだろう。

泡沫のように浮かび上がった疑問が、唐突に弾け飛ぶ。

エンジュは、カウルがなぜそんなことをするのか、理解できなかった。

なぜ彼は、顔を近づけてくるのだろう。なぜ、頬に手を置き、唇に唇を重ねるのだろう。

これではまるで、キスされているみたい。

父様と母様だって、唇と唇のキスは特別なものだって言っていたのに……。

エンジュは、まだ自分が置かれた状況がわかっていなかった。

エンジュの育った環境は、性的なニュアンスに触れる機会が乏《とぼ》しかった。その外見を疎《うと》まれ、友達もなく家の中に閉じこもって育ったエンジュだ。

誰から聞く機会もなければ、目にする機会もなかった。父母が時折交わすキスも、性的なものというより親愛を表す程度のふれあいでしかなかった。もっとも、子供の前で性的なふれあいを堂々と交わす親もいないだろう。

叔父《おじ》夫婦は、家庭生活にエンジュを入れる気は毛頭なかったので、保護者からそれとなく教えられることもなかった。

父とエンジュにとって宝物だった書斎に、淫《みだ》らな艶本があるはずもなく、エンジュは性的に無知だった。

おそらく、二つ年下のタリアのほうが、エンジュよりはその手の知識があったのではないだろうか。それでも、十二歳の少女だ。気になる男の子の話題で、友達と胸をときめかす程度のことだろう。

そんな経験すらないエンジュには、カウルの行為が、どんな意味を持つのかすらも、まるでわかっていなかった。

それなのに――――、カウルはキスをやめようとはしない。

エンジュは、渾身《こんしん》の力を振り絞《しぼ》り、顔を大きく背《そむ》けた。

離れた唇が、エンジュの首筋に熱く湿った感触を刻む。

その初めての経験に、エンジュは悲鳴をあげようとした。

だが、舌が動かない、声が出ない。

漏れてくるのは、くぐもったうめきだ。

（いやっ！）心の中で叫ぶ。

圧《お》し掛かるカウルの胸に手を突き、力いっぱい押しのけようとしたが、びくとも動かない。

エンジュの必死の抵抗も、逞《たくま》しいカウルの体軀《たいく》にあっては、戯《たわむ》れにも等しいものだった。

（いや！　止めて、なに？）

不安と嫌悪、恐怖と驚愕《きょうがく》。それらが、エンジュの頭の中で渦を巻く。

そのなか、カウルが耳元で囁《ささや》いた。

『我慢してくれ。すぐ終わるから』

なにが始まり、なにが終わるのか、エンジュにはわからない。

小鳥がついばむように、カウルの唇が、舌が、エンジュの耳を軽くついばむ。その初めて覚える感触に、エンジュの体のうちに震えが走った。

（いや、いや、いや――――）

逃れたい一心で、頭を左右に打ち振るう。

『お願いだ。じっとしてくれ。俺だって、我慢してるんだからな』

その言葉に、エンジュは瞳だけ動かし、カウルの顔を見た。

上気した顔がすぐ近くにあった。辛そうにひそめた眉の下で、あの蒼い瞳がわずかに潤《うる》んでいた。

鋭い光を宿す双眸が潤んでいることに、エンジュは不思議を覚え、抗《あらが》う手足から、一瞬力が抜けた。

それに気づいたのだろうか、カウルがまた囁く。

『足、少し開いて……』

その声があまりに苦しげで、思わず従ってしまったのは、エンジュが未成熟であるが故《ゆえ》だ。

ほんの少しの隙間《すきま》に、カウルが体を割り込ませる。

足と足の間に感じるぬくもりに、肌が焼かれるような錯覚《さっかく》をエンジュは覚えた。

自分でも、まともに触れたことのない場所に、なにかが触れる。

声にならない声で、エンジュは叫び、その華奢《きゃしゃ》な体がベッドの上で大きく跳ねた。

蠢《うごめ》くものが、カウルの指だと気づいたとき、エンジュの二色の瞳から、ぽろぽろと大粒の涙が溢《あふ》れて落ちた。

忘れていた抵抗を、本能が命じる。

言葉にできない不安と、得体《えたい》の知れない恐怖に突き動かされ、エンジュはめちゃくちゃに手足を動かした。が、それすらカウルの体は難なく受け止め、押さえ込む。

もがきにもがき、足掻《あが》きに足掻き、呼吸の乱れたエンジュが、息をついたときだった。

体の芯を、灼熱《しゃくねつ》が貫いた。

それは、いままでに味わったことのない激痛だった。

叔母が大事にしていた絵皿を割ったとき、樫《かし》の枝で叩かれた。そのときよりも、強烈な痛みだった。

エンジュはこぼれんばかりに瞳を瞠《みひら》き、迸《ほとばし》る声にならない悲鳴に唇を大きく開き、そして息を飲んだ。

かふっとのどの奥で呼吸が弾け、それと同時に意識が混沌《こんとん》に堕《お》ちて行く。

それはエンジュにとって、幸せなことだった。

意識を失ったおかげで、彼女は更なる恥辱《ちじょく》に身を焦《こ》がす必要がなかったからだ。

神の前で交わされた誓約が、肉体によっても成されたことを、法王がその目で確かめ、事の一部始終を見届ける役目を担った証人たちにその場で報告するのを、エンジュは聞かずにすんだのだ。

王国の重臣、大貴族、招かれた国賓《こくひん》といった証人たちが、法王に了承の意を伝え、すべては終わった。

麦月の朔。
聖なる印を持って辺境に生まれ落ちた乙女は、黒の獅子《しし》王の妃となった。
エンジュは、カウルの妻となったのだ。

5

王家では、各自が御印《みしるし》を持つ。

カウルは、黒獅子《くろじし》がそれであり、黒の獅子王と称される。二年前、命を落としたカウルの兄王は、白の獅子王と称されていた。

その少し前、病で亡くなったカウルの父は、白梟王《しろふくろう》と呼ばれていた。同時期に亡くなった上の叔父《おじ》は黒梟。その弟は青梟。

いずれ生まれるであろうカウルの子供たちの御印は、すでに隼《はやぶさ》と定められていた。長男は、白の隼、次男は黒、そのあと、青、緑、赤と五人までは決まっている。

これが娘になると、植物であれば良いとだけ定められていた。

カウルの妻となり、王家の一員に迎えられたエンジュの御印には、睡蓮《すいれん》が選ばれた。

カウルが直々《じきじき》に決めてくれたということだった。

「黒獅子様が、お后様《きさき》には睡蓮の花がふさわしいとおっしゃったということです」

遅い朝食を運んできた侍女が、はしゃいだ声で話すのを、エンジュは暗澹《あんたん》たる思いで聞いていた。

「それに、お后様が朝食の間にお見えにならないことをお聞きになった黒獅子様は、それはご心配の様子だったそうですわ」

エリアという侍女が、うっとりした表情で「素敵だわ」と呟《つぶや》くのが、エンジュは不可解でならなかった。

なにが素敵なのか、わからない。

後になって心配するぐらいなら、初めからあんなことをしなければいい。

あんな……、痛くて、恥ずかしいこと……。

そこまで考えて、昨夜の出来事が思い起こされ、エンジュは泣きたくなった。

生贄《いけにえ》として王の招きに応じたつもりのエンジュだった。

それなのに、一夜明けたいまでは、自分は国王の后になったのだという。

これからは王妃として、常にカウルの傍《かたわ》らにあり、共に生きていくことが定められたのだという。

フェイセル村を出るとき、自分が思い描いていたものとは、まったく違う運命が、エンジュを待ち受けていたのだ。

王妃になったと聞かされても、実感などなかった。それよりもいまエンジュにとって問題なのは、体の奥に感じる痛みだった。

わずかに身動《みじろ》ぐだけで、もやもやとした痛みを体の奥に感じる。それは、昨夜の激痛に比べれば、微々たるものでしかなかったろう。

だが、痛みを感じる場所が問題だった。それに、腰や関節の節々が痛んだ。

そうでなくとも、昨日は朝から目が回るほど忙しかったのだ。体の隅々《すみずみ》にまで、不愉快な倦《けん》怠感《たいかん》がわだかまっている。その上、精神的な疲労感がエンジュを打ちのめす。

衆人環視《しゅうじんかんし》のなか、キスをされ恥ずかしい処《ところ》をまさぐられた事実が、ふとした拍子に思い出され、エンジュは目の前が真っ赤になるような恥ずかしさでいっぱいだった。

朝食も、小鳥が心配するほどわずかな量しか食べられなかった。

ベッドの中で食事をすること自体、ひどくだらしないことに思えてやるせなかったが、ろくに立ち上がることができないほど、体中が萎《な》えていた。

王妃というものは、取り立ててするべき仕事もないようで、エンジュは仕方なく痛みがなくなるまで、横になっていることにした。

そうやってぼんやりと、遠くから聞こえてくる小鳥の声に意識を飛ばしていると、最近覚えた声が問いかける。

「なにをしている？」

「小鳥の声が……」と言いかけて、エンジュははっとして突然の訪問者に視線を向けた。

案の定、カウルが軽やかな足取りで近づいてくる。

もう見慣れつつある、口の片端を引き上げた笑みに、エンジュの頬《ほお》がかっと染まる。

「嫌い！」

昨日、あれほど言いたかった言葉が、今頃になって溢《あふ》れ出る。

「いやよ、こないで。あなたなんて大嫌い！」

傷のある眉が、ぴくりと跳ね上がった。

「残念だったな。俺の后となった時点で、おまえに俺を拒絶する権利はなくなったのだ。諦《あきら》めろ」

「知らないっ！」

エンジュは、ぷいっと顔を背《そむ》けた。が、その顎《あご》をカウルの大きな手がしっかりと捕まえ、無理矢理向き合わせる。

「おまえが知らなくても、俺が知っている。エンジュ、おまえは俺の后だ」

カウルは楽しそうに笑いながら、エンジュの唇にキスを落とした。

軽く触れ合わせるキスをいくつも重ねたあとで、カウルはエンジュの下唇をそっと唇ではさんだ。

それは、昨日の熱く濡れた感触とは違い、羽のように軽く不思議なほど気持ちのよいものだった。

「エンジュ……、キスをするときは、目を閉じてほしいのだが」

カウルが苦笑交じりに文句を言うと、エンジュはきょとんとした表情で大真面目《おおまじめ》に尋ねた。

「なぜ？」

カウルは、乾いた笑いをこぼすと、エンジュの顎から手を離した。

「思っていたほど、顔色は悪くないな。まだ痛むのか？」

　この瞬間、エンジュのなかでカウルに新たな肩書きが加わった。

　無礼で不躾《ぶしつけ》な上に、無神経だとエンジュは思った。

「そんなこと聞くなんて、ひどい!」

「ひどい……? 心配してやってるのに、ずいぶんな物言いだな。そんなに嫌なら、なぜあの時拒《こば》まなかった?」

「だって……」

　エンジュの瞳がたちまち潤んでくる。

「おい、泣くな。昨晩だって、泣くほど嫌だったのだろう? 素直にそう言えばよかったではないか?」

　エンジュの心は痛みで張り裂けそうだった。

「言えなかったもの……」

「そんなに……怖かったのか?」

　エンジュは咄嗟《とっさ》に首を横に振った。

「声が…でなかった。……変な、キャンディを食べたら……舌が、痺《しび》れて……、うまく…口が動かせなくなって……しゃ、しゃべれ…なかった……」

　しゃくりあげながらもエンジュがどうにか最後まで説明すると、カウルは鋭い舌打ちを聞かせた。

「へんなキャンディって、〝薔薇の戯《たわむ》れ〟か?」

「そんなの、……知らない。でも、ピンクで、きつい…薔薇の香りがした……」

「おい、わかった。わかったから、もう泣くな。おまえが泣くと、おれはどうしていいか、わからなくなる。昨夜のことは、おまえの意思ではなかった。そういうことだな?」

エンジュは、小さな子供のように、こくこくと首を縦に振った。

「まいったな……」

カウルは、大きなため息を吐き出すと、エンジュの金髪をくしゃくしゃとかき回した。

「エンジュ。おまえ、昨日俺の后になったのはわかってるな」

エンジュはしぶしぶとうなずいた。

「それだけわかってればいい。俺はこれでも結構、気が長いんだ。だから、おまえがその気になるまで待ってやる。わかったな?」

エンジュは、カウルがなにを待つといっているのか、わからなかった。だが、彼の口調がきついながらも、どことなく優しかったので、とりあえずうなずいておいた。

どうやらそれは正解だったようで、カウルが蒼《あお》い瞳を心なしか細めてくれた。

そうすると、どこか猛々《たけだけ》しい雰囲気《ふんいき》が、幾分《いくぶん》穏やかになる。それは嫌いではないと、エンジュは思った。

「ただし、キスは許せ。夫婦なんだからな」

穏やかな表情ではあったが、一歩も引く気のない口ぶりにエンジュはまたうなずくしかなかった。

「それでいい」

満足げに微笑むと、カウルはエンジュの頬を両手で包むようにして、また唇を寄せてきた。

先程の言葉を思い出し、エンジュが慌てて目を閉じると、カウルはエンジュの唇の上でくすっと笑った。

それはとてもくすぐったいふれあいで、嫌いではないとエンジュはまた思った。

午後は視察があるからと、カウルはすぐに出て行ったが、少ししてたくさんの本が届けられた。

それは、エンジュの好きな物語の本ばかりだった。おかげで、退屈を覚えることはなかった。

夜になると、カウルは綺麗な細工の鳥籠を手に、またエンジュの部屋にやってきた。

「好きだと言っていただろう？」

鳥籠の中には、美しい声で鳴く鶯《うぐいす》が番《つがい》で止まり木に並んでいた。

そんなことを言ったかしらと、エンジュは首を傾げたが、仲睦《むつ》まじい小鳥の様子に心が和《なご》むのを覚え、カウルに笑顔を向けた。

「ありがとうございます」

カウルは、しばらくの間、じっとエンジュの顔を見つめていた。

それから、無愛想《ぶあいそう》に呟いた。

「気が変わった。俺は今夜はここに泊まるぞ」

言うなり、上着と靴を脱ぎ、エンジュの隣にもぐりこんだ。

さすがに昨日の今日である。エンジュは、昨晩の苦い記憶に、体をこわばらせた。

「そんな顔をするな。昼間言っただろう。俺は気が長いんだ。おまえがその気になるまで、なにもしない。だから怯《おび》えてくれるな」

そして、「ほら」と言いながら腕を差し出す。

「これからは、俺の腕がおまえの枕だ。それ以外、認めないぞ。おとなしく頭をよこせ」

いくらそう言われても、本能が昨日の恐怖を忘れてはくれない。

「まったく……」

不機嫌な顔で、カウルは少し体を起こし柔らかな枕の上で頬杖を突いた。

「無理強《じ》いはしてはいけないんだったな。エンジュ、おまえいくつだったか？」

「十四歳です」

「俺と九つも離れているのか。いや、でも見た目で言えば、おまえはもっと小さく見えるな。聞けば、あまり食べないそうだが、明日からはそれを改めろ」

エンジュは、カウルの言葉に少しだけ気が緩《ゆる》むのを感じた。

アリシア姫も、エンジュの食が細いのを、いつも気にかけてくれていた。

「黒獅子様は、二十三歳？」

「ああ、なったばかりだがな。おまえ、誕生日はいつだ？」

「春です。花月《はなつき》の五日に生まれました」

「俺は夏だ。風月《かぜつき》の二十日に生まれた」

夫婦となって二日目に、二人はようやくお互いの年齢を知った。

「それじゃ、黒獅子様は本当に二十三歳になったばかりなんですね」

「ああ、それよりエンジュ。おまえは俺の后なんだから、名前で呼べ。おまえだって。俺に睡蓮と呼ばれるのは嫌だろう?」

「睡蓮? 変な感じがします。まるで、自分じゃないような気がします」

「そうだろ? まあ、俺の場合は王家のしきたりで慣れてはいるがな、妻には名前で呼んでほしいと思う」

「カウル様とお呼びすればよろしいのですか?」

「ああ、そう呼べ。俺はおまえをエンジュと呼ぶからな」

「はい」

その晩は、二人で途切れ途切れの言葉を交わしているうちに、どちらともなく眠りに落ちた。

エンジュは、散々嫌いだといった相手の隣で、ぐっすりと眠ることができたのだった。

朝食は、エンジュの食事室で二人で摂《と》った。

カウルが、次から次へとエンジュの皿に食べ物をわけてよこすので、彼女は最後には涙目でもう食べられませんと、言うしかなかった。

「それっぽっちで昼までもつというのが、俺には信じられんな。だが、この皿だけは平らげてもらうぞ」

カウルが有無を言わせぬ口調でそう言うと、侍女が新しい皿を運んできた。

焼き菓子なのだろうか、白いナプキンがかかっている。

エンジュが、ため息をつきつつナプキンを取ると、皿の上には鈍《にぶ》く光る銀色の小さな鍵が載っていた。

「図書室の鍵だ。図書室自体はいつでも入れるが、高価な本の納まった書架《しょか》はその鍵がなければ開けられない。だから、おまえにやろう。好きなときに使うがいい。それと、アリシアから伝言だ。お茶の時間に遊びにきたいそうだが、どうする？　返事を聞くまでもないな。エンジュの顔を見ればわかる。大歓迎だと、アリシアに伝えておくぞ」

それは、エンジュにとって間違いなく幸せな日々だった。

もう二度とひもじい思いをすることだけはないだろう。

それだけでも、エンジュには幸せなことだった。

カウルは、少し横暴なところはあったが、エンジュのことを大切にしてくれた。

アリシア姫は毎日のようにエンジュを訪ねてくれた。

午後のお茶の時間は、カウルも時間を遣《や》り繰りして同席するよう努力しているようで、三人で他愛もない話に興じ、楽しい一時を過ごした。

それは白鳥城で過ごした日々の延長のように、エンジュには思えた。

時には、エンジュを可愛く思っているトリエル教主やシェリダンがその席に加わることもあった。

エンジュは知らない。

トリエル教主が、次期法王にもっとも近しい人物と目されていることを。

また、シェリダンが騎士のなかの騎士と謳《うた》われ、国王の親友にしてその片腕と目されていることを。

宮廷の花、アリシア姫は現宰相の愛娘《まなむすめ》であり、いま領地を守っている嫡男《ちゃくなん》がやがては宮廷に伺候《しこう》し、貴族院の中枢《ちゅうすう》となるであろうことが期待されていることを。

「聖なる印」をその身に備えているとはいえ、エンジュは貴族の生まれではない。

だが、これだけの後ろ盾《だて》があれば、いずれ彼女が生《な》すであろう子は、問題なく世継ぎに推挙《すいきょ》されることだろう。

そのために、カウルは二色の瞳を持つ乙女が辺境にいるという噂を確かめる旅に、シェリダンとトリエルを派遣し、エンジュをアリシア姫に預けたのである。

だが、エンジュの幸せな日々は、けして長く続くものではなかった。

彼女はいまだ、幼かった。

カウルとアリシアと三人で過ごすお茶の時間が、彼女にとって一日でももっとも幸せを感じる時間だった。

もし誰かが、なぜと問えば、エンジュはこう答えただろう。

「父様と母様と過ごした懐かしいあの幼い日々に帰ったように思えるのです」と。

自らの夫に、父の姿を重ね見るのは、ままあることだろう。

しかし、アリシアに母の面影を重ね、それを幸福と感じるエンジュは、まだ少女でしかなかった。

平和な時代なら、それでも良かったかもしれない。

だが、忘れてはいけない。

カウルこと、黒の獅子王が青の梟王を討ち取り、内乱を治めたのは、露月《つゆつき》。

四カ月前のことである。

国内に、不穏分子は息を潜《ひそ》め、次の機会を狙っていた。

きな臭《くさ》い火種は、あちらこちらで燻《くすぶ》っていたのである。

6

麦月《むぎつき》の終わる頃だった。

前王、青梟《あおふくろう》の残党討伐《とうばつ》のため、北方への遠征を控えたある晩、カウルはエンジュを夜の庭園へと誘い出した。

十六夜《いざよい》の月が、この上なく美しい夜だった。

涼しくなってきた夜風に誘われ、バルコニーに出たカウルは眩《まぶ》しいほどの月光に、夜の散歩を提案した。

「でも、暗くてなにも見えないのではありませんか？」

「エンジュは、月の明るさを知らないのだな。それなら、なおさら俺についてくるべきだ」

カウルが言い切った場合、どんなに抗弁しても無駄だということを、エンジュはこの一月《ひとつき》の間に十分学んでいた。

二人は、侍女のエリアにだけ行き先を告げ、ランタンを片手に、庭園へと降りた。

エンジュは、夜の帳《とばり》が鳳凰《ほうおう》城に与えるもうひとつの顔に驚かされた。

夜が更けてもなお、煌々《こうこう》と輝く明かり。いくつもの窓に光を置いた王城は、昼間とは違う意味で美しく、壮麗《そうれい》だった。

皓月《こうげつ》は、白銀の光をこの世界に惜《お》しげもなく投げ与える。

太陽の下で見る庭園は、この時期くすんだ緑へと変わりつつあった。

だが、月光に照らされたそれは本来の色を手放した、影絵の世界。

そこに銀の薄紗《うすしゃ》がかかっている。

ランタンなど必要なかった。

銀の光は、夜の世界に出かけてきた若い男女に優しかった。

「この前、エンジュは尋《たず》ねていたな」

カウルに手を引かれ、エンジュはこの夜の散歩を楽しんでいた。

「こら、そんなにきょろきょろしていると、躓《つまず》くぞ。それに、俺の話をちゃんと聞け」

「すみません」

「おまえ、この前訊《き》いたろう?」

「なにをですか?」

「御印《みしるし》のことだ」

まだ宮廷での生活になれないエンジュには、毎日が疑問の連続だった。

「ええ、お伺《うかが》いしました。カウル様が、私の御印を睡蓮《すいれん》とお定めくださったのでしょう? なぜ、睡蓮なのですか?」

数日前の質問を思い出したエンジュは、改めて同じ問いを口にした。

「来年の春、その時期になったら教えてやろうと思ったのだがな、気の早いやつを見つけてな、めずらしいいい機会だから、エンジュにも見せてやろうと思ったんだ。感謝しろ」

慣れてしまえば、カウルのこの傲慢《ごうまん》な物言いも気にならない。

「なにをお見せくださるのですか?」

「いま、そこに向かっているのだ。先に話してしまえば、つまらないだろう? 俺を見習って、エンジュも我慢を覚えたらどうだ?」

カウルが、すべてを曝《さら》け出せる相手であるシェリダンがいまの台詞《せりふ》を聞いたなら、間違いなく腹を抱えて笑ったことだろう。

シェリダンは、カウルがなにを我慢しているのか、よく知っていた。そして、それとは対照的に、エンジュはカウルがなにを我慢しているのか、まったくもってわからないのだ。

もちろん、いまの当てこすりでしかない台詞《せりふ》に、カウルがどんな気持ちをこめたのかもわかっていない。

十四での結婚は確かに早いが、めずらしいほどでもなかった。遠い砂漠の国では、十二歳で子供を産んだ王妃の例もあるぐらいだ。

だが、エンジュはあまりにも幼かった。

元から、小柄で華奢《きゃしゃ》だった上に、成長期の三年間を辛《つら》い労働と粗食で過ごしたため、本当に痩《や》せていた。

カウルは、白鳥城の薔薇園で、初めてエンジュを見ているわけだが、その時でさえ、血色も悪くずいぶん痩せていることに随分《ずいぶん》驚かされた。

もし、シェリダンやトリエルとともに、虐待《ぎゃくたい》されていたエンジュを見ていたならば、なにを思っただろうか。

体に合わないドレスをまとい、怯《おび》えた瞳で立ち尽くしていたあの日のエンジュには、死の影が漂っていた。

あの生活が数年続けば、彼女は両親のもとに旅立ったのではないだろうか。

そう思うのが自然なほど、彼女はやせ衰《おとろ》え、顔色も悪かったのだ。

しかし、いまのエンジュはどうだろう。

羽化《うか》する蝶のように、彼女は日を追うごとに美しくなっていた。

やつれた顔の中で、大きな瞳だけが目立っていたのが、カウルとアリシアの努力が実り、肉のついてきた体には少女らしい丸みを帯びた曲線が生まれ、頬はいつでも薔薇色に彩られていた。

身長も白鳥城《しらとり》で計ったときより、伸びている。

枯《か》れかけていた若木は、愛情という日差しと穏やかで豊かな生活という水と養分を与えられ、成長することを思い出したのだ。

そんなエンジュの変化を、カウルは自分のことのように嬉しく思っていた。

二人は、高名な詩人が先日発表した詩について語りながら、夜の散歩を楽しんでいた。

やがて、秋の気配を漂わせる風に、甘い香りが混じってきた。

二人がたどり着いたのは、庭園の奥にある小さな沼だった。

銀の針を敷き詰めたような水面に、沼というのは似つかわしくないが、湖というには小さく水量も足りない。

だが、十六夜の光が、この小さな水辺を幻想的に照らし出していた。

「エンジュ、こっちだ。ここに、俺の見せたいものがある」

カウルは、異国風の東屋《あずまや》の欄干《らんかん》に腰を下ろし、エンジュを手招いた。

「この下を覗《のぞ》いてみろ」

沼に迫《せ》り出すようにして建てられた東屋の端で、カウルが手で示すのは水面だった。

エンジュは促されるまま、覗き込んだ。

東屋の陰になり、月光のささない水面は漆黒《しっこく》。

だが、そこに不思議な色がぽっかりと浮かんでいた。

「季節はずれの睡蓮だ」

赤い睡蓮が、たった一輪咲いていた。

それは、夜の帳《とばり》の向こうで、銀紗《ぎんしゃ》をまとい咲く幻《まぼろし》の花のようだった。

「きれ……い……」

エンジュはため息のように囁いた。

「綺麗だろう。おまえを初めて見たとき、俺は額の痣《あざ》が花のように思えたんだ。でもな、あとき咲いていた薔薇じゃなかった。もっと違う花、滅多《めった》に目にできない、そんな花だと思ったんだ。子供の頃、兄とよくこうして夜の散歩を楽しんだ。冒険といってな、天の階《きざはし》を夢中になって読んでた頃で、あのときの俺たちには夜の城は、まだ行ったことのない異国にも等しい、神秘の世界だった。

兄と一緒に見たんだよ。銀朱の花を。

来年、春になったら一緒に見よう。この沼が、銀朱に染まるんだ。夢のように美しいぞ」

カウルはそう言うと、エンジュの額に唇でふれた。

「俺の銀朱の花だ……」

どこか苦しげな声で呟き、カウルはエンジュの唇にくちづけた。

それはいつもの触れるだけのくちづけとは違い、貪《むさぼ》るような荒々しいものだった。

息を盗み、魂《たましい》を揺さぶる、そんなくちづけだった。

エンジュの体の奥で、小さな疼《うず》きが生まれた。それは、麦月の朔《ついたち》の晩、エンジュを貫いたあの痛みを喚起《かんき》させた。

「いやっ！」

エンジュは、カウルの身体を思い切り押しのけ、叫んでいた。

「すまなかった」

カウルの謝罪にも、エンジュの身体のこわばりが解けることはなかった。

だが、離れていったぬくもりを、エンジュは恋しいと思った。

初めて、恋しいと思った。

7

前の王に与《くみ》した残党の討伐《とうばつ》は、一月《ひとつき》もしないで収束を見た。

王の凱旋《がいせん》を、誰もが熱狂的に迎えた。それはエンジュも例外ではなかった。

だが、不思議なことに帰還した一団のなかに、三台の馬車があった。

それは、軍隊には到底《とうてい》ふさわしくない、華美なものだった。

その馬車から、美しい姫君が三人降りてきたことに、エンジュはますます首を傾《かし》げた。

そして、更にわからないことは、カウルがその三人を鳳凰《ほうおう》城に住まわせ、その一角を後宮《こうきゅう》と定めると、告げたことだった。

後宮という言葉を、エンジュは知っていた。

それは異国の王の習慣で、王の愛妾《あいしょう》たちが暮らす宮殿のことだ。

でもそれは、あくまで異国での習慣、この国の王家に後宮というものは、いままで存在しなかった。

カウルと初めて褥《しとね》を共にした晩、ピンクのキャンディをよこした老婦人——女官長——から、エンジュは少しずつ性的なことを学んでいた。

だから、あの身を裂くような痛みを伴う行為が、子を生《な》すためには避けて通れないことをいまのエンジュは知っていた。

そして、愛妾と呼ばれる女性や後宮に住まう女性が、国王とその行為をするということも、知識として知ってはいた。

だが、感情は納得しない。

神と王国が認めた王の妻は、エンジュただ一人である。

王妃という存在は、どんな時代にもただ一人であった。

それなのに、カウルが三人もの美姫《びき》を侍《はべ》らせ、彼女らのためにこの国にいままで例のなかった後宮という制度を作らせたことが信じられなかった。

裏切られたような気がした。

だが、そんな気持ちをカウルに告げることが、エンジュにはできなかった。

なぜなら、彼女にもわかっていたからだ。

神の前で、永遠を誓った自分たちではあったけれど、夫婦らしい行為は、あの晩だけのこと。

だからといって、あの痛みに我が身を曝《さら》すことは怖かった。

恐怖にはまだ耐えられるかもしれない。だが、あの恥辱《ちじょく》は――。

衆人環視《しゅうじんかんし》のなかでの行為は、あの晩だけのことと聞かされてはいたが、だからといってカウルの前に裸体をさらし弄《まさぐ》られることは耐えられそうにもなかった。

だからだろうか。

だから、カウルはあの姫君を城に連れ帰ったのだろうか。

本人に聞けばいいのだろうが、どんな言葉で尋ねればいいのか、エンジュには思いつかない。

王の帰還を祝う、すべての儀式が終わったあとで、エンジュは初めて三人の姫君と引き合わされた。

その場には、アリシア姫も同席していた。

カウルは、真面目《まじめ》な表情でエンジュに命じた。

「王妃であるそなたが後宮の主人である。彼女らのために便宜《べんぎ》を払い、後宮を心安らげる場所に築くは後宮の主人たるそなたの役目。任せても良いな」

公的な場で、カウルが言葉遣《づか》いをそれらしく改めるのはもちろん知ってはいたが、いまのエンジュには知らない人物の言葉のように聞こえた。

それでも、王妃である自覚がある以上、王の命令には従うしかない。

「承《うけたまわ》りました」とエンジュが答えると、カウルは破顔《はがん》した。

「会いたかったぞ」と、蒼《あお》い瞳を和《なご》ませて言ってはくれたが、嬉しいとは思えなかった。

夜の庭園の再現のように、額の痣《あざ》にそっとキスを落としてくれたが、そのぬくもりが疎《うと》ましく思われた。

そんなエンジュに追い討ちをかけるように、三人の姫君はアリシア姫と涙を流して再会を喜んでいた。

アリシアの笑顔しか知らなかったエンジュにとって、それは衝撃だった。

母とも慕うアリシアが、遠くに行ってしまうような喪失感《そうしつ》があった。

三人の姫君は、それぞれがしかるべき大家の令嬢で、宮廷の花と謳《うた》われるアリシア姫と知己《ちき》の仲であることは疑いようがない。

腹の奥で、なにかどろどろしたものが、わだかまっている。

それがエンジュには不快でならなかった。

その晩、エンジュとカウルは一月ぶりに同じ褥《しとね》で眠ることとなった。

遠征の前、腕枕もおやすみのキスも、嫌いではなかったはずだ。なのに、腹の奥でわだかまるもやもやとしたものが、それを拒んだ。

「エンジュ、また一から教えなければならないのか？」

カウルは、軽いキスさえ拒むエンジュの態度に、不機嫌そうな表情を隠そうともしなかった。

「一月も離れていた夫を、おまえからキスで慰めるぐらいしてもいいだろう？」

そんなことまで言われたからか、エンジュのなかの不快感がますます募っていく。

エンジュは、カウルに背中を向けた。そのあからさまな拒絶が、カウルの逆鱗《げきりん》に触れた。

「エンジュ、待つにも限度というものがあるぞ！」

カウルの声には、抑え切れない怒りがあった。

「あぁっ！」

カウルの逞《たくま》しい手が、寝衣を引き裂く音を、エンジュは信じられない思いで聞いた。

その手が引き裂いたのは、寝衣だけではなかった。

エンジュ自身も、カウルによって引き裂かれたのだった。

二度目の行為は、エンジュにとって絶望的なものだった。初めてのときは、最後まで寝衣を身につけていられたが、今回は最初から身を隠すものがなかった。

エンジュの身体の隅々までも、カウルはその蒼い瞳で眺《なが》め、指で辿《たど》り、唇で確かめたのだった。

そして、彼女もまた知りたくなかったことを知らされた。

痛みのなかで、自分が女であり、カウルが男であることを、エンジュは知った。

カウルに父の面影を、重ねていた自分を、エンジュは呪った。

その晩、ただひとつ救いがあったのは、エンジュが零《こぼ》した涙を、カウルがその唇で拭《ぬぐ》ってくれたことだ。

そのぬくもりだけは、慕わしいとエンジュは思った。

そして、明け方目覚めたとき、カウルの端正な顔がすぐ傍《そば》にあることに、エンジュはほっとしたのだ。

それだけは確かだった。

第三章　銀朱の花

カウルが、自《みずか》らの言葉を裏切ったあの晩から、十日が過ぎた。

エンジュは全身に感じる倦怠感《けんたいかん》を遣《や》り過ごし、久しぶりにベッドから離れた。

「お后様《きさき》、大丈夫ですか？　ご無理はなさらないでくださいませ。御用がございましたら、どうぞエリアにお任せください」

「エリア……、ありがとう」

エリアは十八歳、年が近い上、気さくで朗《ほが》らかな性格が慕わしく思え、エンジュが彼女を自分付きの侍女にと希望したのは、カウルが遠征に出立する前だった。

毎日通ってきてくれるとはいえ、アリシア姫と過ごす時間は限られている。それを考えると、カウルの帰還を待つ間、エンジュを慰《なぐさ》め励《はげ》ましてくれたのは、このエリアだった。

「お后様、新しいお部屋の支度はすべて整っております。あとは、細々《こまごま》とした物を運び入れるだけですので、ご安心くださいませ」

この十日間、エンジュは体調を崩《くず》し、臥《ふ》せっていた。

次の朝、カウルは腕に感じる異様な熱に眠りを妨《さまた》げられた。

妻である自覚に欠けるエンジュを、無理矢理抱いてしまったことに罪悪感はあったが、後悔はしていなかった。

だがそれも、腕の中のエンジュを見るまでのことだった。

彼の幼い妻は、ひどい高熱に喘《あえ》いでいた。

真っ赤に紅潮した顔、その額には玉のような汗《あせ》を浮かべながら、エンジュは寒い寒いと魘《うな》されながら、がたがたと震えていた。

黒獅子《くろじし》の異名を誇るカウルも、これには心底驚き、慌《あわ》てた。

風も爽《さわ》やかな秋の朝、王妃の私室に響き渡った黒の獅子王の叫びを、エリアは終生忘れられないだろう。

「死ぬな、死なないでくれ！　エンジュ!!　おまえまで私を置いて行く気か!?」

御殿医《ごてんい》の薬と、エリアの手厚い看護のおかげで、熱自体は三日で引いたが、華奢《きゃしゃ》な身体はひどく衰弱《すいじゃく》していた。

食欲がまったくわかないようで、きた当初より食が細くなってしまった。

熱が引いても、ベッドから起き上がる気力も見受けられず、それに周囲は気を揉《も》んだ。

もちろん、それはカウルも例外ではない。

遠征の事後処理のため、多忙を極めるなか、時間を見つけては妻の部屋に顔を出すのだが、肝心《かんじん》のエンジュは終日うつらうつらとしている状態で、この十日間、満足に口を利《き》いていない。

このままではいけないと、カウルは自分の計画を早めることにした。

その計画とは、部屋の移転であった。

カウルの父である、先々代の国王が崩御されるまで、日当たりのいい南翼が国王一家の私的生活空間であった。

カウルはここを後宮《こうきゅう》と定めたのである。

王妃は後宮の主人。となれば、彼女の部屋も南翼に移すのが妥当。

王妃にふさわしい美しい部屋を、カウルは大急ぎで用意させた。

内装や家具の手配が、昼夜の隔《へだ》たりなく執《と》り行われ、今日の移転となったのだ。

国王自らすべて手配したという王妃の部屋は、なにもかもが素晴らしかった。

エリアに手を引かれ、エンジュは一部屋一部屋見て回った。

訪問者を取り次ぐための控えの間は、一般の家でいう玄関にあたる。この控えの間自体が、エンジュの生まれ育った家と同じぐらいの広さがあった。

客を迎えるための応接間、日常過ごすことになる居間、食事室、衣装室、化粧室、浴室、クラブサンやハープの置かれた音楽室、そして図書室。

その他に部屋付きの侍女たちの控えの間がある。

いままで暮らしていた部屋の、有に三倍の広さがあった。

この広さが、エンジュには居たたまれなかった。

「お后様、ごらんください。新しいドレスがこんなにたくさん」

エリアの楽しげな声が、エンジュには辛い。

「エリア、私……疲れたみたい……」

「お后様」

エリアは慌てて、自分の主人を衣装室のカウチに座らせた。

「すぐ、お休みになれるようにいたします。お着替えの前に、お薬をお持ちいたしますので、しばらくお待ちくださいませ」

カウチに腰をおろしていても、エンジュはまったく寛《くつろ》げない。

あまりに広すぎて、自分までもがこの部屋の家具や装飾のひとつになってしまったように思えて、落ち着かない。

たった二カ月暮らしただけではあったが、前の部屋に戻りたかった。

エンジュは暗い気持ちで、隣の図書室に入った。

どんなに寂しいときも、本を読んでいれば辛くはなかった。

外遊びを許されなかった子供は、物語の世界に遊ぶことで、その無聊《ぶりょう》を慰める術《すべ》を身につけていたのだ。

エンジュのためだけにある図書室は、城の図書室と比べれば、規模は小さかった。

「お后様、お后様？」

エリアの声に「図書室にいます」と答えると、彼女は薬方と水差しの載った盆《ぼん》を手に、図書室に姿をあらわした。

「お后様は本当に読書がお好きでいらっしゃるのですね。女官長が、申しておりましたわ。黒獅子様が『后は殊《こと》の外《ほか》読書を好むゆえ、専用の図書室を作り本で満たしてやるがよかろう』」

エリアは、カウルの口調を上手に真似《まね》てみせた。

「それから、図面をごらんになって、小さい居間を図書室にするよう命じられたそうです」

エリアは、まるで自分のことのように嬉しそうに話したが、エンジュの心は晴れなかった。

「そう……」

エリアに微笑《ほほえ》んでみせるのが精一杯《せいいっぱい》だった。

たくさんの本に囲まれているのに、気持ちは沈むばかり。

ここにある本は、みな新しいものばかりで、余所《よそ》行きの顔をしている。

故郷の家を、エンジュは懐かしく思った。

父と自分の宝箱だった書斎。

あの書斎に並んでいた本が懐かしかった。

何度も何度も読み返して、手垢《てあか》に汚れ、擦り切れてしまった古い本が懐かしくてならなかった。

エンジュは、本を一冊手に取ると、座り心地のいい長椅子に腰をおろし、ひざの上で開いた。

新しい紙の匂いに、鼻の奥がつんと痛むのを感じた。

ひどく寂しかった。

なにもかもが心許《こころもと》なくて、なぜ自分がここにいるのかさえわからない。

エンジュが本を開いたのを知ると、エリアは書き物机に盆を置き、そっと図書室を後にした。

お后様が本を手にすると、何時間でも顔を上げないことを侍女たちはすでに熟知《じゅくち》していた。

エンジュは、一人になったことにも気づかぬまま、文字を目で追う。だが、文字が綴《つづ》る物語は、まったくといっていいほど頭に浮かばない。

彼女の心を占めるのは、漠然《ばくぜん》とした不安だけだった。

物語の姫君は、どんな悪漢《あっかん》にさらわれても、最後には騎士や王子様が助け出してくれた。

だが、自分はどうだろう。

誰が、助け出してくれるのだろう。

一瞬、エンジュの脳裏《のうり》にカウルの蒼《あお》い瞳と蜂蜜《はちみつ》色の髪が浮かんだ。

しかし、エンジュは小さく首を振って、その考えを打ち消した。

彼は助けてくれない。

助けるどころか、彼がエンジュを苛《さいな》むのだ。

その名のとおり、獅子《しし》のごとく自分を貪《むさぼ》り食らうのだ。

その想像に、エンジュは震えた。

十日前の行為が思い出される。

頭ではわかっているのだ。

自分は王妃。カウルの妻。

麦月《むぎつき》の朔。

なにも知らぬまま、体を開かれた無垢《むく》なエンジュはもういない。

あのひどい痛みを伴う恥《は》ずかしい行為が、子を生す行為であることを、いまのエンジュは知っている。

女官長（あの、キャンディをくれた老婦人だ）から、お后教育の一環として説明は受けている。

自分を含めて、すべての命がそうやって生まれてくるのだと聞いた時には、俄《にわ》かには信じられず呆然《ぼうぜん》としてしまったほどだ。

母もあのひどい痛みと恥辱《ちじょく》に耐え、自分を産んでくれたのだろうか。

優しい父が、母にあんな行意を強《し》いたとは、信じたくはなかった。

もし仮にあったとして、あんな行為を強いる相手に、なぜ母はやさしく微笑みかけることができたのかが、わからない。

仲睦《むつ》まじかった二人の寄り添う姿を思うと、自分とカウルにはまだ何かが足りないようにも思えてくる。

女官長の言うとおり、自分には覚悟が足りないのだろうか。

国王様と王国の未来を思えば、耐えられるはずだと女官長は言う。

死ぬ覚悟で、王の招きに応じたつもりだったが、それが足りなかったのだろうか。

考えれば考えるほど、自分が腑甲斐《ふがい》なく思えて、エンジュは情けなくなってくる。
本を開いていても、頭に浮かぶのは、これからどうすればいいかということだけだ。
この十日間、エンジュが臥《ふ》せっていたため、カウルは自室で休んでいたようだ。
だが、今日からはどうなるのだろう。
また、以前のようにカウルと同衾《どうきん》するのだろうか。
そうなれば、やはりあの行為をしなければならないのだろうか。
王妃であるからには、王国の世継ぎを挙げなければならない。
それが、王妃の務《つと》めだと、女官長は言い切った。
王妃の務めであれば、拒むことはできない。だが…………。
物思いに囚《とら》われていたエンジュは、図書室に人が入ってきたことに気づかなかった。
だから、突然声をかけられて、飛び上がらんばかりに驚いた。
「気に入ったか？」
王妃の断りもなく、その私室に入ることを許されているのは、国王のみ。
「起きていて、大丈夫なのか？」
カウルはエンジュの膝《ひざ》から滑り落ちた本を拾い上げると、彼女の隣に腰をおろした。
「すまなかった」
唐突《とうとつ》にさえ思える謝罪の言葉に、エンジュの身体がこわばった。
謝るぐらいなら、最初からしなければいい。

エンジュには、そのようにしか考えられなかった。

「だが、俺の気持ちもわかって欲しい」

一月《ひとつき》ぶりにあったカウルの気持ちなど、エンジュには想像もつかなかった。

「約束しました……」

エンジュが、全身から声を振り絞《しぼ》るようにして、ようやく言葉にできたのはそれだけだった。

「約束……、確かにな」

カウルは、わずかに苦笑した。

「以前は……、いつまでも待つと言ったが、あの頃とは事情が変わったのだ。エンジュ、おまえが、俺の后だ。后の務めを果たしてもらいたい」

事情が変わったとカウルは言ったが、なんの事情がどのように変わったのか、具体的な説明はなかった。

いや、もし説明されたとしても、このときのエンジュには理解できなかっただろう。

長椅子の上で、こわばった身体を震わせながら、迫り上げてくる吐き気と戦っていたエンジュには、カウルの言葉の意味を考える余裕などなかった。

早く出て行って欲しい。

それが、エンジュの切《せつ》なる願いだった。

「顔色が悪いが、気分はどうだ?」

エンジュは、膝の上で固めた拳《こぶし》をにらみつけ、俯《うつむ》いていることしかできなかった。

エンジュは、気づいてしまったのだ。

いま彼女が恐ろしく思うのは、あの痛みと恥辱にまみれた行為、そのものではない。

――カウルが恐ろしいのだ。

優しい言葉で自分を安心させ、その言葉をすぐに行動で撤回した、カウルその人が怖いのだ。

不信。

それは、いまのエンジュにとって抜きがたい棘《とげ》だった。

――カウルの言葉が信じられない。

それは、王妃となったいまでも、魂《たましい》はいまだ寄る辺《べ》ない孤児《こじ》でしかないエンジュにとって、耐えがたい孤独を意味する。

「声を聞かせてくれないつもりか？」

カウルの不機嫌な声に、エンジュの肩がびくりと揺れる。

「まあ、いい。具合が悪いなら、本ばかり読んでいないで横になっているが良かろう。アリシアがおまえに会いたがっているが、どうする？」

カウルに怯《おび》えるいま、アリシアだけがエンジュにとって、唯一の存在。

その慕わしい名前に、エンジュは咄嗟《とっさ》に顔を上げた。

「ふん、やっと顔を見せたか……。では、午後のお茶にアリシアを招くぞ。よいな？」

エンジュはにこりともしないカウルの顔を見ていられなくて、ふたたび俯き小さく「はい」と答えた。

「アリシアに余計な心配をかけるでないぞ」

最後にそう言い足すと、カウルは大またで図書室から出て行った。

カウルの足音が遠ざかるのを、エンジュはほっとした思いで聞いていた。


「王妃様、このパンは私が焼きましたのよ。味見をお願いいたします」

アリシアが携《たずさ》えてきたのは、白鳥城《しらとり》でエンジュが教えた乾《ほ》し葡萄《ぶどう》のはいった甘いパンだった。

「アリシア姫、ありがとうございます」

微笑《ほほえ》んでそれを受け取りながら、エンジュは自分がちゃんと笑っているかどうか、鏡で確かめたくてならなかった。

カウルがお茶の時間に招いたのは、アリシアだけでなかった。

カウルが遠征先から連れ帰った三人の姫君も、一緒だった。

炎を思わせる赤毛が魅力的なフレイル姫は男爵令嬢《だんしゃく》。ほっそりとした肢体《したい》と美しい声の持ち主、エミレ姫は伯爵令嬢《はくしゃく》。同じく伯爵令嬢のイゼル姫は、その滑らかなミルク色の肌《はだ》から、白い手のイゼルと異名《いみょう》をとる、美しい女性だった。

すでに成人している彼女たちは、みな社交界にデビューし、それぞれが宮廷で妍《けん》を競う艶《あで》やかな華《はな》だった。

「皆様も、このパンを召し上がってくださらなくてはいけませんわ。王妃様直伝のパンなんですから。エリアはまだかしら。バターとジャムを頼んでまいりますわね」

アリシア姫が席をはずすと、三人を代表するように、赤毛のフレイル姫が口を開いた。

「黒獅子様の思《おぼ》し召しで、鳳凰《ほうおう》城にお部屋をいただきましたこと、身に余る栄誉と考えております。後宮の主人は、王妃様。ということは、私たちの主人もまた、王妃様であらせられます。取るに足りない存在ではございますが、王妃様にお目をかけていただきたく思い、今日こうして改めてご挨拶《あいさつ》にまいりました」

フレイル姫の、はきはきとした口調と、臆《おく》することのない堂々とした態度に、エンジュは気《け》圧《お》されていた。

「こちらこそ、よろしくお願いいたします」

エンジュが精一杯の笑顔でそう答えると、フレイルは満面に笑みを浮かべてこう言った。

「まあ、なんてお可愛《かわい》らしい方なんでしょう。砂糖菓子でできたお人形のよう。聖なる印を持つお方にお会いできて、おやさしいお言葉までいただいて、わたくし感激ですわ。

ねえ、皆様？」

フレイル姫が同意を求めると、エミレ姫もイゼル姫も口々にエンジュを誉めそやす。

「まあ、本当に瞳の色が違っていらっしゃるのですね。二粒の宝石のようですこと」

「額の痣《あざ》の色の美しいこと。淡く儚《はかな》い薔薇《ばら》を思わせますわ」

エンジュは居心地が悪かった。

三人の姫君の言葉が、大袈裟《おおげさ》に思えて、なんと答えればいいのかわからなかった。

「ありがとう」と言えば、認めたことになる。だからといって、謙遜《けんそん》して見せれば、姫たちの言葉を否定したことになる。

いまだ人見知りの激しいエンジュには、気の利《き》いた言葉で躱《かわ》すことも、反対に姫たちの美貌を誉めることもできなかった。

それ以前に、賑《にぎ》やかな彼女たちの会話についていけなかった。

ただ戸惑っていると、アリシアと共にカウルがやってきた。

「賑やかだな」

国王の登場に、姫たちは椅子から立ち上がり、優雅にお辞儀《じぎ》をした。それを見て、エンジュも慌てて立ち上がろうとしたが、カウルがそれを制止する。

「エンジュ、おまえは俺の妻だ。臣下の礼をとる必要がどこにある。馬鹿《ばか》だな」

その一言は、カウルにとって悪気のあるものではなかったはずだ。甘やかすような優しい声が、その証拠だ。

が、エンジュの耳には、その優しい声の調子までは届かなかった。

「馬鹿だ」と言われたことがひどく恥ずかしかった。その上、フレイルたちが、顔を見合わせくすっとほくそえんだのを、折悪《おりあ》しく見てしまった。

人に笑われたことが、エンジュに与えた衝撃は大きかった。

シェリダンと共に、故郷を旅立ってから今日まで人の悪意と直接向きあうことがなかった。

だから、忘れていられた。

色の違う瞳と、くっきりと浮かび上がる額の痣。

それが辺境《へんきょう》で言われるほど忌まわしいものではないとわかっていても、やはり奇異に映るということを。

その日のお茶の時間は、エンジュにとって最後まで居心地の悪いまま終わった。

国王とアリシア姫、そして三人の姫たちは旧知の仲らしく、その日の会話は終始思い出話に明け暮れた。

カウルと姫たちが共有する過去に、エンジュの存在があろうはずもない。

エンジュは涙ぐましい努力で笑顔を作り、彼らの会話に耳を傾けるふりをした。

それがせめてものエンジュの意地だった。

アリシア姫がせっかく焼いてくれたパンを味わう余裕もなかった。

その晩、気疲れからだろう。エンジュはまた微熱をだした。

褥《しとね》を共にするつもりでやってきたカウルは、ため息を零《こぼ》すと「養生しろ」とエンジュに言い置いて、出て行ってしまった。

それを、エンジュは寂しいとは思わなかった。

2

後宮に部屋を移してから、エンジュの毎日は明らかに変わっていった。

それまで、侍女たちはエンジュを「お后様《きさきさま》」と呼んでいたが、「王妃様」と呼ぶようになった。

後宮に迎えられた三人の姫君も、国王の「后」である。そのための差別化だった。

もう一つ変わったのは、朝食である。

遠征にでるまでカウルは、毎朝エンジュと共に食事を摂《と》っていたが、それが四日に一度となった。

エリアはそれが不満のようだったが、エンジュは正直ほっとしていた。

カウルの姿を目にするだけで、息苦しくなり、ひどい時は吐き気までこみ上げてくる。

これでは、満足な食事などできるはずがなかった。

一応、正妃であるエンジュを尊重《そんちょう》してくれるようで、自分がこない日は、その代わりのように小さな贈り物をよこす。それは図書室の鍵のように、朝食のテーブルに届けられた。

大体は大粒の真珠だった。小さな穴の穿《うが》ってある真珠は、糸さえ通せば首飾りになる。

侍女たちは気の利いた贈り物だと喜んで、極上の絹糸《きぬいと》に一粒《ひとつぶ》ずつ連ねることが新たな日課とした。

そして一番の変化は、夜だった。

カウルは、エンジュと褥《しとね》を共にすることがなくなった。

以前、カウルは毎晩エンジュの華奢《きゃしゃ》な身体を腕の中に閉じ込めるようにして、眠るのが常だった。

政務でどんなに遅くなろうとも、朝エンジュが目覚めると、いつの間にやってきたのか、すぐ隣に蜂蜜《はちみつ》色の髪を見つけることができた。

エンジュの気持ちを尊重し、いつまでも待つと言ってくれたカウルの腕を、心から信じていた自分を、愚《おろ》かだったとエンジュは思う。

だから、カウルがやってこないことは、エンジュにとって喜ばしいことでしかなかった。

だが、エリアを初めとする侍女たちは、また考えが違うようで、夜になるとカウルの訪れを待ちわびているとしか思えない。

誰も皆、言葉には出さなかったが、取り次ぎの間にはかならず、侍女が交代で不寝番《ふしんばん》を務め、廊下の物音に耳を欹《そばだ》てている。

そんな侍女たちに申し訳ないとは思ったが、あの晩の痛みと恥辱《ちじょく》は、エンジュにとって拭いがたい裏切りだった。

王妃の務めを果たすこともなく、広すぎる部屋で無為に日々を送る自分は、いったいなんなのだろうとエンジュは思う。

エンジュの疑問に答えをくれたのは、光まぶしい窓辺で仲睦《むつ》まじく羽を繕《つくろ》いあう鶯《うぐいす》だった。

「私は、おまえたちと同じだわ」

王妃の囁《ささや》きに鶯はあくまで無関心だった。

止まり木の上で、恋を語る鶯をしばらく眺《なが》め、エンジュはまた囁いた。

「同じじゃないわね。私は一人だもの」

エンジュには、この広く美しい部屋が、鳥籠《とりかご》のように思えたのだった。


そんなエンジュの慰めは、アリシア姫の訪問だけだった。

彼女だけは以前と変わらず、毎日のように遊びにきてくれる。

だが、それにも変化はあった。

アリシア姫は、お茶の時間に三人の后を招くことを好んだ。

都に屋敷を構える貴族の令嬢は、皆が皆幼馴染《おさななじ》みといっても差し支えない。その上、彼女たちは、社交界へのデビューが同時期だったため、特に親しかったのだ。

アリシアの願いをエンジュに断れるはずがなかった。

毎日というわけではなかったが、后たちを招いてのお茶は、エンジュには苦行だった。

幼い頃から、賞賛の中で育った姫たちは、自分の魅力というものをよく知っていた。

よく知った上で、それが更に輝いて見えるよう、髪形や装いに工夫を凝《こ》らしてやってくる。

そんな彼女たちと引き比べ、自分がますますちっぽけな存在に思えてくる。

カウルはどんなに時間がないときでも、顔だけは出すので、そのたび貧相な自分を見られることが恥ずかしくてならなかった。

そんなある日のことだった。

カウルのいない朝の食卓に、素晴らしい首飾りが届けられた。

細い銀の鎖が複雑な形に編みこまれ、ペリドットとアクアマリンが散りばめられている。

まるで朝露《あさつゆ》を飾った蜘蛛《くも》の巣をそのまま首飾りにしたような、繊細《せんさい》な細工に目が奪われる。

『普段から、美しく装うように』

添えられていたカードにあった一言のメッセージ。

それを見ているうちに、エンジュの瞳に涙が浮かんできた。

昨日の茶会での出来事が、思いだされた。

実家である男爵家《だんしゃく》から届いたという素晴らしいアクセサリーをつけたフレイル妃が、甘いお茶を上品に啜《すす》りながら、何気なく尋《たず》ねたのだ。

「王妃様は、首飾りや指輪はお嫌いですの？」

辺境の村の、それもごく普通の家庭に育ったエンジュに普段から宝飾品をつけるような習慣があるはずがない。

それを正直に言葉にすると、フレイル妃は「ああ、そうでしたわね」とくすりと笑い、巷《ちまた》で流行《はや》っている最新のモードへと話は移っていったが、斜め前に座っていたカウルが苦虫《にがむし》を噛《か》み潰《つぶ》したような顔でお茶を飲んでいたことは覚えている。

エンジュには、ドレスや宝飾品を用意してくれるような実家はない。

それが、カウルの苦い表情の理由としか思えず、エンジュは落ち込むだけだった。

「まあ、なんて素晴らしいのでしょう。この宝石は、エンジュ様……いえ、王妃様の瞳の色ですわね。昨日の今日で、これほどの品を用意できるはずはありませんわ。黒獅子《くろじし》様は前から注文されていたに違いありませんわ」

昼食にやってきたアリシアは、エンジュの新しい首飾りに目を留め、カウルからの贈り物だと知ると、瞳を輝かせた。

「王妃様は、お幸せですか?」

「え?」

「黒獅子様は、言葉が足らないばかりに誤解を受けることが往々にしてございました。優しいエンジュ様であれば、あの方の言葉にできない思いも汲み取ってくださいましょう……。おふたりの幸せを、私はどこにいても心から願っていますの」

アリシアが心持ち顔をうつむけ、わずかに微笑む。

その表情があまりに切なげで、エンジュは咄嗟《とっさ》に答えていた。

「アリシア姫、私は幸せです」

アリシアの笑顔が眩《まぶ》しいものに変わる。

エンジュは、それを複雑な思いで見つめるしかなかった。

最大の感謝は身につけることだと言いながら、アリシア姫は昼食の後、首飾りによく映るドレスを選び、エンジュを飾り立てた。それから侍女を呼び、その日も三人の后をお茶に招いた。

お茶の支度が整った頃、まず姿を現したのはカウルだった。

彼は、エンジュの胸元を飾る銀の繊細な飾りに目を留めると、満足げに微笑み、すっと手を伸ばした。

「きゃっ」

だが、それを認めた瞬間、エンジュは小さな悲鳴をあげ、その手から逃げるため咄嗟《とっさ》に背中を向けていた。

「エンジュ……………」

取り繕《つくろ》うことのできない、失態《しったい》だった。

いままで必死に隠してきた気持ち、カウルに怯えるエンジュの気持ちが、露呈《ろてい》した瞬間だった。

抑揚《よくよう》をなくしたカウルの言葉を、エンジュは背中で聞いた。

「おまえは……、俺がそんなに怖いのか？」

国王のこの問いに、返す答えがあったろうか。

口先で誤魔化《ごまか》すことなど、エンジュにできるはずがない。彼女の全身が凍りついた。

穏やかな秋の昼下がりにふさわしくない、緊迫した一瞬。

それを、華やかな笑い声が突き崩す。

「王妃様、皆様お見えになりましたわ」

アリシア姫が、三人の后と共にやってきたのだ。

「王妃様、お招きありがとうございます」

「み、皆様、ご機嫌麗《うるわ》しく……」

エンジュは、震える声を押し隠し、教えられた言葉で皆を迎えた。

その日の茶会は、エンジュの新しい首飾りの話題ではじまった。

エミレ妃とイゼル妃がため息交じりに首飾りを誉めそやす。

「黒獅子様のお見立てですの？　まあ、あの宮廷一のやんちゃ小僧も変われば変わるものですこと」

エミレ妃がおっとりとした口調でカウルをからかい、イゼル妃がくすくすと可愛らしい声で笑う。

「このペリドットとアクアマリンは、王妃様の瞳の色ですわね？　でも、黒獅子様。額の花をお忘れですか？」

アリシア姫が悪戯《いたずら》そうな瞳で問い掛けると、カウルはむすっとした表情で答えた。

「指輪を作らせている」

アリシア姫とイゼル妃が、弾けるように笑った。

「黒獅子様、ご存知かしら？　耳まで赤くなっていらっしゃってよ」

世に名だたる王国の君主も、幼馴染みの女たちには勝てないようだった。

「王妃様はお幸せでいらっしゃいますわね」

そう尋ねながら、暖かな微笑を向けるアリシアに、エンジュは曖昧《あいまい》に頷《うなず》くことしかできなかった。

めずらしく黙り込んでいたフレイル妃が、エンジュの首飾りに視線を置いたまま、瞬《まばた》きもせずに呟いた。

「私、最近よく考えますの」

「フレイル様、それを伺《うかが》ってもよろしいでしょうか？」

「勿論《もちろん》ですわ。イゼル様。私は、運命の神様の気紛《きまぐ》れについて考えるのです。神々の気紛れの前で、私たち人間など濁流《だくりゅう》に飲まれる木の葉にも等しい、頼りない存在だと思われませんこと？」

フレイル妃は、挑《いど》むような眼差《まなざ》しで、お茶の席に集まった全員をひとしきり見渡した。

「フレイル様………」

「乙女だった頃」

フレイルがそこまで言うと、エンジュの隣でアリシアが軽く咳払《せきばら》いをした。それが、ひどく不自然で、エンジュはそっとアリシアを盗み見る。

アリシアの美貌に、苦い表情が浮かんでいた。彼女が、フレイルの話を好ましく思っていないことが、その表情から窺《うかが》える。だが、咳払いに気づかなかったのだろう、赤毛の美姫《びき》は話を続けた。

「私は自分の幸せを疑ったことなどございませんでしたわ。いま思えば、私はあまりに恵まれ過ぎていたため、今日が昨日の続きと信じて疑わない愚《おろ》か者でした。これから先もこの幸せが続くものだとばかり信じていましたもの……」

王妃の居間を、重苦しい沈黙が支配する。

エンジュはそのただならない雰囲気《ふんいき》に、大いに戸惑った。

フレイル妃は口角《こうかく》を引き上げ微笑を作っていたが、その瞳がきらきらと輝いていた。それは奥底で炎が燃えているようにエンジュには見えた。

イゼル妃は、その白い手に銀《ぎん》の匙《さじ》をつまみ、ティーカップの中を執拗《しつよう》なまでにかき回していた。

エミレ妃が、声を忍ばせて泣き出すに至っては、エンジュは息苦しくさえ感じられた。

「皆様……、私はこう思うのです」

アリシア姫が口を開いた。

「幸せは与えられるものではないと思うのです。自ら望み、築くものではないかと……」

膝の上で握り合わされたアリシアの手が、かすかに震えていることに気づいたのは、隣に座っているエンジュだけだった。

「余《よ》はこう思う」

カウルの低い声が、静かに語る。

「運命の神がどのような気紛《きまぐ》れをなさろうと、常に向き合っていたいと願っている。己《おのれ》を信じ、成すべきことを成す。流されたくはない。そなたたちがなにを持って幸せを感じるかは、余にはわからぬ。だが、そなたたちに望むものがあれば、遠慮は要《い》らぬ。申してみよ。余は努力を惜しまぬつもりだ」

「ありがとうございます。慈悲《じひ》深き国王様のお言葉、このフレイル、生涯《しょうがい》忘れることはございません」

赤毛の男爵令嬢は謝意を言葉にしたが、その眼差しはいまだに燃え盛る炎をたたえ、カウル一人に注がれていた。

これと同じ瞳を、エンジュは以前にも見た覚えがあると感じた。

人と接する機会の少なかったエンジュである。ほんの少し記憶を辿《たど》れば、類似《るいじ》する瞳を思い起こすことができた。

タリアだ。

都に旅立つ朝、羨《うらや》ましくなんかないと言い切った、従妹《いとこ》の瞳だ。

あれは、嫌悪より激しい感情。

妬《ねた》みから生じる憎悪《ぞうお》。

それに似ている。

なぜフレイル妃が、そのような瞳でカウルを睨み付けるのか、エンジュにわかろうはずもない。

彼らが共有するのは、幼い頃の思い出だけではない。

もっとなにか……。

懐かしいだけではないなにかがあるのだと、エンジュは直感的に悟った。

御前会議の時間だと、シェリダンが呼びにきてくれたことで、その日の茶会は気まずい雰囲気のまま、終わった。

「王妃様、またお誘いくださいませ」

儀礼的な挨拶を交わしているとき、フレイル妃がエンジュの耳元で囁いた。

「王妃様は、お幸せでいらっしゃいますか？」

それは奇《く》しくも、茶会の前にアリシア姫が尋ねた問いと、同じものだった。

エンジュは迷った。

自分は果たして幸せなのだろうか。

鳥籠の中で、餌《えさ》を与えられ、するべきこともなく、ただ無為に日を送る自分は幸せなのだろうか。

「おそらく」

逡巡《しゅんじゅん》の末に、エンジュが呟《つぶや》いたのは、この短い一言だった。

ひもじい思いも、寒い思いも、いまは無縁《むえん》だ。辛《つら》い労働もない。

それだけでも幸せだと思わなければ……。

「おそらく？」

問い返すフレイル妃の声の冷たさに、エンジュははっとして顔を上げた。

そこにあるのは、カウルに向けられたあの眼差しがあった。

燃え盛る炎があった。

「可憐《かれん》でお人形のように愛らしい王妃様、貴女様の幸せがどのような犠牲の上に成り立つものか、ご存知ないのですね」

淡々とした口調で語られる言葉、だが向けられる瞳にこめられた憎悪は、疑いようがなかった。

この瞳の前では、タリアのきつい眼差しも穏やかに思えることだろう。

エンジュは、フレイル妃の気迫に押され、わずかに一歩後じさっていた。

「ごきげんよう」

フレイル妃の姿が扉の向こうに消えたとき、エンジュは無意識のうちに大きく息を吐いていた。

その晩、エンジュが見た夢は、不吉なものだった。

燃え盛る炎の中で、彼女は声を限りに叫んでいた。

『カウルさまぁぁ――――!!』

『アリシアさまぁぁ――――!!!』

煤《すす》にまみれ、煙にまかれ、熱に焼かれながら、エンジュは二人の名前だけを繰り返し叫んでいた。

だが、その夢の中で、二人を見出すことはできなかった。

3

次の日、アリシア姫からエンジュに書状が届いた。

しばらく忙しくなるため、城に伺《うかが》えないというその内容は、エンジュをひどく落胆《らくたん》させた。

アリシアもいないのに、茶会をする気にもなれずカウルにその旨《むね》伝えると、わかったと短い言葉で了解してくれた。

そうなると、三人の后たちと会う機会もなくなった。

カウルとも、四日に一度、朝食のときに顔を合わせる程度となった。

エンジュの一日は、ひどく単調なものと化した。

鶯《うぐいす》の世話をし、本を読み、刺繍《ししゅう》を刺し、天気のよい日は乗馬や散歩を楽しんだ。

その明け暮れで毎日が過ぎて行く。

そうこうするうちに、暦《こよみ》は一年の最後の月、狩月《かりつき》となった。

エンジュの故郷であるフェイセル村なら、雪に閉ざされる季節だ。

だが、村より南に位置するこの地に、雪が降り積もるのは、新年を迎えてからだという。

そんなある日。

エンジュは、城の図書室に足を運んだ。

以前のエンジュは、御伽噺《おとぎばなし》や物語を好んで読んでいた。

そのため、エンジュの図書室にカウルが集めてくれた本も、物語がほとんどだった。

しかし、最近エンジュが好んで読むのは歴史書だった。

王妃であるという意識が、彼女を歴史書に向かわせたのは間違いない。

自分の図書室にあった、歴史的な逸話《いつわ》を物語のように書き記したものは、読み尽くしてしまった。

いまは、その逸話を歴史的な流れの中で理解したいと思った。

そういった学術的なものは、エンジュの図書室には見当たらない。となれば、城の図書室に足を運ぶしかない。

久しぶりに訪れた図書室の、わずかな黴臭《かびくさ》さとしっとりした空気を、エンジュは懐かしく思った。

それは、故郷の家の書斎を思い出させる。エンジュの心が久しぶりに弾んでくる。

建ち並ぶ書架の間を縫《ぬ》うようにして目指す本を探した。

奥まで足を進めて、エンジュは先客がいることに気づいた。

「王妃様?」

少し慌てながら、分厚い本を手に立ち上がったのは、落ち着いた年頃の女性だった。

「失礼いたしました」

「気になさらないで。頭をおあげください。私も本を探しにまいりましたの」

深々とお辞儀をする女性に、エンジュが声をかけると、女性はゆっくりと顔を上げた。

「母様？」

王妃の問い掛けに、女性は驚いたのだろう、二度瞬《まばた》きをした。

澄んだ空色が、エンジュの心を捉える。

「ごめんなさい……。母様と同じ色の瞳だから、……それで」

エンジュは、うまく言葉を結べなかった。

「光栄です。聖なる印を持つお方の母君と同じ瞳だなんて」

そう言って微笑む彼女の目尻に、わずかにしわが寄るのをエンジュは見た。

鏡の前で、目尻のしわを気にしていた母の面影がよみがえり、エンジュの心は締め付けられるように痛んだ。

「お名前を伺《うかが》ってもよろしいかしら？」

涙を辛《かろ》うじて堪《こら》え、エンジュは尋ねた。

そのお仕着せでない衣服から、この女性が女官や侍女でないことはわかる。だが、貴族の奥方としては、あまりに質素だった。

「私は、エミレ妃の家庭教師を務《つと》めるバートンと申します」

「家庭教師……？」

「はい、主に語学と歴史、音楽を受け持っております」

「まあ、エミレ様が羨《うらや》ましいわ」

「羨ましい？」

「私も王国の歴史を知りたいと思って、こちらの図書室にまいりました。でもあまりに本の数が多くて、なにを選べばいいのかわかりません。あなたのような方が、私にもいらっしゃればいいのに……」

「王妃様、なにをおっしゃいます。黒獅子《くろじし》様にお願いすれば、王国一の歴史学者が飛んでまいりますわ」

「そうかしら？」

「そうですわ。貴女《あなた》様は、王妃様でいらっしゃるのですもの」

エンジュはひっそりと笑った。

朝食の席でカウルと顔を合わせても、会話らしい会話が交わされることはなかった。

カウルはそれでも話題を提供してくれるのだが、エンジュは彼をいまだに恐れ、満足に答えることもできないままでいた。

普段はそんな有様なのに、願い事だけ聞かせるのはやはり躊躇《ためら》われる。

「私のお仕えするエミレ妃は、先日などはダンス用の靴を十足も、お願いしていらっしゃいましたわ。黒獅子様も快くお聞きくださったそうです」

「そうですか……。でも私は学び始めたばかりですから、王国一の学者様がいらしたら、緊張してしまうでしょう」

「あの……、私でよろしければ、本をお選びいたしましょうか？」

「お願いできますか？」

この日をきっかけに、エンジュはバートン夫人から王国の歴史を学ぶこととなった。

それは、エンジュの単調な生活を、明るく彩《いろど》る変化であった。

エンジュがなにより知りたかったのは、「聖なる印」にまつわる逸話だった。

書き手の想像を交えた物語は、既《すで》に読んだ。

遠い昔、権力争いに血道《ちみち》を上げていた二人の王子がいた。彼らは、王位に固執するあまり、政治を省《かえり》みることがなかった。

美しい国土は荒れ果て、民草《たみくさ》が貧困《ひんこん》に喘《あえ》ぐ様子に心を痛められた神々は、「聖なる印」を持つ乙女を、地上に遣《つか》わされた。

その乙女は、一人の青年の前に膝をつき、この方こそ神の定めたもうた王であると、告げたのである。

「聖なる印」を持つ乙女は、神と人の仲介者。

乙女は神の声を王に伝え、王は民草を導き、滅びかけた王国を再建したのである。

「王妃様、こちらをごらんくださいませ」

バートン夫人は、大判の歴史書のとある記述を指差した。

「王国の正史に、聖なる乙女の記述はここにしか見つけられません」

「たった三行？」

「はい、乙女がいつどこで生まれたかも定かではありません。聖なる乙女の逸話は、人々の口から口へと伝わり、後世書物にまとめられたのでございましょう。五百年も前のことですから」

「二色の瞳とあるけれど、何色なのかは書いてありませんね……」

「聖堂図書館の古文書には記載がございますが、伝わる過程で取り違えがあったようで、紫と緑、あるいは青と茶とはっきりいたしません」

「そう……、五百年も前のことですもの、確かめようもありませんね」

「残念ながら……。他にお知りになりたいことはございますか？」

バートン夫人は、堅苦しい講義をするのではなく、エンジュが興味を覚える史実を優先的に話してくれた。

幼い頃から読書を好み、知的好奇心が豊かなエンジュには理想的な教授法だったといえるだろう。

「バートン夫人、私は辺境で育ったため、ここ数年の内乱について詳しいことを知りません。最近のことですから、まだ本にもなっていませんでしょう？　話していただけますか？」

バートン夫人は、しばらくの間、考え込んだあとで、静かに口を開いた。

「これは実際に、私が見聞きしたことをお話することしかできません。まだ生々《なまなま》しい記憶です。話しだせば切りがありません。ですから、事実だけをかいつまんでお話することをお許しいただけますか？」

エンジュは勿論《もちろん》うなずいた。

バートン夫人は、右の手のひらをエンジュの前に差し出した。

「先々代の国王、白の梟王《ふくろう》が亡くなられたのは、いまから五年前のことでした」

五年前、エンジュはまだ九つだった。国王崩御《ほうぎょ》の事実は、ぼんやりとした記憶でしかない。

「次の国王に即位されたのは、白の獅子王カシミール様でした。青の梟ヨナシュ様の軍勢が夜《や》襲《しゅう》をかけたのは二年前のことです」

エンジュの全身に、震えが走った。

初めて彼女は理解した。

白は長男、黒は次男を意味する。

カウルは黒獅子。次男だ。

次男である彼が、いま王位にあるということは、長男である白獅子の死を意味する。

頭ではわかっていた。

だが、それは遠い物語でしかなかった。

現実ではなかった。

だが、王妃として鳳凰《ほうおう》城で数カ月を暮らし、エンジュにも王妃としての自覚がわずかながらにも芽生えてきたのだろう。

いまは自分に関わりのある問題だった。

曲がりなりにも、神がお認めになった夫の、兄の生死である。

エンジュに無関係であるはずがない。

「白獅子様は……」

「叔父君《おじ》の手に掛かり、絶命なさいました。幸いなことに、黒獅子様はその晩鳳凰城にはいらっしゃらなかったのです。危うくも逃げ延びられた黒獅子様は、王国の南方を拠点に味方を集め、今年の初夏…露月《つゆつき》ですね。レニオンの丘で青梟を討ち取られ、その場で自ら即位を宣言されました。こうして王位は正統に戻ったのです」

エンジュはようやく理解した。

なぜカウルが、「聖なる印」を持つ乙女を欲したか———を。

正統である証。

確かに、先の国王ヨナシュは、カウルの兄、白の獅子王カシミールを殺《あや》め、王位に就《つ》いた。

だが、ヨナシュもまた正統であることに間違いはない。

血統に問題はないのだ。

長男が王位を継ぐのが、王室典範《てんぱん》に明文化《めいぶんか》されてはいるが、白の梟王が没し、白の獅子王がこの世を去った時点で、王家に「長男」はいない。

ヨナシュは梟の代の三男、カウルは獅子の代の次男。

守りの堅固な鳳凰城を、夜襲といえども責め滅ぼすことができたのは、ヨナシュを王にと望む者がいたからに相違ない。

それに比べて、カウルは若い。兄王が殺された時点で、二十一歳。

成人したばかりの若輩《じゃくはい》だ。

その若さを否定的に捉《とら》える者もいただろう。

どちらが王になるのが正しいかは、問題ではないのだ。

どちらがより王に相応《ふさわ》しいかが問題なのである。

カウルは、たった二年で王位を獅子の手に取り戻した。しかし、誰もがそれを正しいと思っているわけではない。

だから、黒の獅子王は、「聖なる印」を持つ乙女を求めたのだ。

自らが王位に就く正統性を、いや正当性を遥《はる》か昔の伝説に求めたのだ。

「だから……、自らの意思で……王の招きに応じなければならなかったのね」

エンジュは、その日どうやって私室に戻ったか覚えていない。

気がつけば、ベッドの中にいた。

わかっていたはずだ。

自分ごときが王妃になれたのは、色違いの瞳と額の痣《あざ》のおかげ。

もとからわかっていたはずだ。

死を覚悟して、都にやってきたはずだ。

カウルが欲するものは、この瞳とこの痣だけ。

わかっていたはずだ。わかっていたはずだ。

それなのに、なぜいまこんなにも胸が痛むのか、エンジュは不思議でならなかった。

ひもじい思いをもう二度とすることはないだろう。樫《かし》の枝の鞭《むち》で打たれることもないだろう。もう二度と、泥炭《でいたん》を掘ることもないだろう。

幸せなはずだ。

村にいた頃より、いまのほうが幸せなはずだ。

それなのに、なぜ心はこうも痛むのだろう。

エンジュにはわからなかった。

まだ、わからなかった。

◇◇◇◇◇

最初の異変は、侍女の悲鳴が合図だった。

朝まだき、エンジュは既《すで》に目覚めていたが、このところ馴染《なじ》みとなった倦怠感《けんたいかん》に、惰眠《だみん》を貪《むさぼ》っていた。

村にいた時なら、とうに泥炭を掘っていた時刻、こうしてベッドの中にいられることは、間違いなく幸せだとエンジュは自分に言い聞かせる。

そんなエンジュの耳に、絹《きぬ》を切り裂くような悲鳴が聞こえてきた。

「どうしたのです⁉」

ローブを羽織《はお》り、悲鳴を頼りに寝室を後にすると、おかしなことを居間のテーブルの上で早番の侍女が二人固く抱き合い震えていた。

「お后様！　鼠《ねずみ》です!!」

侍女の指差す部屋のすみに眼をやれば、確かに大きな灰色の鼠が三匹、忙《せわ》しなく蠢《うごめ》いていた。

エンジュは侍女の手から箒《ほうき》をもぎ取ると、たちまちのうちに片付けてしまった。

台所の隣にある炭小屋で寝起きしていたエンジュには、鼠は古馴染みだった。

壮麗《そうれい》な鳳凰城にも鼠が住んでいるのかと、おかしく思ったぐらいだ。

だが、異変はそれだけではなかった。

エンジュが腰をおろした椅子の肘掛《ひじか》けに針が刺さっていた。

エンジュの腕をちくりと刺しはしたが、樫の枝の鞭《むち》に比べれば取るにも足りない痛みだ。エンジュが騒ぎ立てることはなかった。

雨の日に、誰かが窓を閉め忘れたのだろう。ベッドが水浸しになり眠れないことがあった。

やはり、誰の落ち度とエンジュが声を荒らげることはなかった。

「これから気をつけましょう」

恐縮《きょうしゅく》する侍女たちに、エンジュはそういうだけに留めた。

反省している者を責めたてることなど、エンジュにはできなかった。それがどんなに辛いものか、彼女は身をもって知っていた。

ベッドが使えるようになるまで、夜だけ以前の部屋に移ることとなった。

寛大なエンジュの処置に、侍女たちは感動を覚えた。

やはり、「聖なる印」をお持ちの方と、エンジュに心酔《しんすい》し心から慕う者は一人二人ではなかった。

彼女たちの口から、王妃の忍耐強く心優しい逸話は、徐々に広まっていった。

この時点で、相次ぐ「異変」に悪意を感じる者はいなかったのだ。

だが、辛抱《しんぼう》強いエンジュでさえ、涙を我慢しかねる「異変」が起きたのだ。

狩月の寒い朝だった。

いまにも雪が降りかねない灰色の空を眺《なが》めながら、エンジュは朝一番の日課のためにベッドから起き上がった。

枕もとには鳥籠を下げたスタンドが置いてある。

寒さよけも兼ねているビロードの覆《おお》いを取り去って、エンジュは叫んだ。

「エリア！　エリア!!」

鳥籠の中で、二羽の鶯《うぐいす》は既《すで》に事切れていた。

前の晩まで、鶯に異常はなかった。餌も水もたっぷり与えられ、寒さに震えることがないようにと、冬の到来と共に夜はエンジュの枕もとに置くようになったのだ。

これほど大事に飼育していた鶯が揃って、命を落とすのは明らかな「異変」だった。

エンジュは、エリアにすがりつき、泣きじゃくった。夜になっても、その涙が枯《か》れることはなかった。

鴬の死を理由に、晩餐《ばんさん》に現れなかったエンジュのもとに、シェリダンを伴いカウルがやってきた。

「泣くな、鴬が死んだぐらいで。すぐ代わりを用意するから、食事だけけしろ」

カウルの言葉が、エンジュにはとても冷たく聞こえた。

それに、カウルにはわからないのだ。

エンジュの涙に込められた、真の意味を。

エンジュは、鳥籠で暮らす鴬に、自分を重ね合わせていた。

一人で暮らす自分と違い、番《つがい》の彼らを羨《うらや》ましくさえ思っていたのだ。

たとえ鳥籠の中でも、喜びも悲しみも分かち合い信頼できる相手がいるならば、まだ耐えられるだろう、と。

それなのに、鴬は死んでしまった。

その上、追い討ちをかけるようなカウルの言葉。

「嫌い、出ていって。貴方の顔なんて見たくない！」

エンジュは泣きながら、叫んでいた。

4

狩月《かりつき》の最後の夜、鳳凰城《ほうおう》では新年を迎える舞踏会が催《もよお》される。

舞踏会は、明け方まで行われるのが慣わしだった。

楽しい宴のさなか、暦《こよみ》は雪月《ゆきつき》に変わり、新しい年となる。

エンジュは書面で舞踏会の参加を断った。カウルからの返事は「心のままに」という短いものだった。

だが、女官長の王妃の務めであるという説得と、舞踏会を楽しみにしていたエリアや侍女たちの落胆《らくたん》ぶりを目の当たりにして、エンジュは気が進まないながらも出席することを了承した。

了承した一番の理由は、アリシア姫の懇願《こんがん》だった。

久しぶりに鳳凰《ほうおう》城を訪れた姫は、エンジュの手を取り熱心に出席するよう促した。

「私、王妃様のために骨を折りましたのよ。出席してくださらなければ、それがすべて無駄になってしまいますわ」

エンジュが、アリシア姫の懇願に逆らえるはずがない。

エンジュが了承したその日のうちに、女官長が五人の女官に運ばせたのは、舞踏会のためにあつらえたドレスや宝飾品だった。

「アリシア姫のお見立てでございます。黒獅子《くろじし》様が最新のモードを用意するよう、ご下命《かめい》くださいました」

白獅子王の代、宮廷の華《はな》と謳《うた》われたアリシア姫は、流行の牽引役《けんいんやく》だった。

彼女の衣装を真似《まね》て、貴族の令嬢たちは新しい衣装を作らせたそうだ。

既《すで》に笑い話だが、ある日アリシア姫がショコラをドレスの胸元に零《こぼ》したことがあった。

そのしみを隠すため、レースのハンカチを胸元にはさんだところ、それを見た令嬢たちがこぞって真似をしたという。そのおかげで、都の市場から一時レースのハンカチが姿を消したというのだから、すさまじい影響力である。

そのアリシアが見立てたというだけあって、それはそれは見事なドレスだった。

白銀の布地に金糸の縫い取りは、結婚の儀でも身にまとったが、似たような素材でもアリシアの趣味が反映されたそれは、まったく違うドレスに見えた。

なによりも、エンジュをよく知るアリシアだ。エンジュの金の髪や白い肌、二色の瞳によく映えるよう、計算されていた。

「私のことを少しでも慕ってくださるなら、舞踏会に出席してくださいませ」

アリシア姫の言葉を思い出し、エンジュは微笑んだ。このドレスで装った自分は、アリシア姫の紫の瞳に、どう映るだろう。

それを思えば、舞踏会に出席することが、ほんの少し楽しみになってきた。

アリシア姫に喜んでもらいたい、似合っていると言ってもらいたい、その一心で、エンジュは長時間に及ぶ髪の手入れや肌の手入れを我慢した。

エリアの薦《すす》めに従い、食欲がなくとも食卓に出されたものは、一口でも多く食べるようにした。

鶯《うぐいす》の死から、また痩《や》せてしまったのだ。

狩月の最後の夜、白銀のドレスで控えの間に現れたエンジュを、カウルはしばらくの間、なにも言わずに見つめていた。

エンジュが「顔も見たくない！」と叫んだ日から、二人はまったく顔を合わせなくなっていた。

「よく似合っているな」

「ありがとうございます」

「……元気にしていたか？」

「はい」

二人の間に流れる気まずい空気。

赤の他人の間にも、もう少し暖かい遣《や》り取りがあるのではないだろうか。

大広間に姿を現した国王夫妻は、熱狂的な歓呼で迎えられた。

新年を迎える宴は、黒の獅子王の乾杯《かんぱい》で始まった。

「悪夢は去った」

カウルは朗々《ろうろう》と響《ひび》く声で、そう言った。

「年号を朱雀《すざく》と改めたこの年を振り返るとき、そなたらは神の祝福を忘れてはならない。聖なる印を持つ乙女は、自らの意思で王妃の座にある。これが祝福であり、輝ける未来の約束である。乾杯！」

カウルの音頭《おんど》に合わせ、広間に集まった全員が、杯《さかずき》を掲げる。

エンジュは、心の伴わない笑顔を浮かべたまま、その華やかな一幕を眺《なが》めていた。

女官長の必死の説得が思い出される。

いついかなるときも、表情を崩《くず》すことなく「王妃の務め」を説く女官長が、目を血走らせていたのも無理はない。

聖なる印を持つ乙女がいてこその、宴ではないか。

私でなくともいいのだ。

聖なる印さえ持っていれば、誰でもいいのだ。

でも、二色の瞳と額の痣《あざ》を持って生まれたのは、自分だけで………。

私でなければならない。でも、私でなくてもいい……。

エンジュは小さく笑った。

シェリダンがエンジュたちの座っている雛壇《ひなだん》にやってきたのは、あと一刻ほどで雪月を迎える時刻だった。

聖十字星章の騎士が、国王の耳元で二言三言囁《ささや》くと、カウルは険しい表情で席を立った。

「王妃を頼む」

シェリダンにそれだけ言うと、カウルは足早に広間を出て行った。

「王妃様、楽しんでいらっしゃいますか?」

「はい」

「こうして、お話するのは随分《ずいぶん》久しいですね」

「ええ」

気の利《き》く侍従が椅子を持ってくると、シェリダンはエンジュの斜《なな》め後ろに座った。

「王妃様、最近なにか嫌なことはございませんか?」

エンジュははっとした。

「ございません。あの鴬の死を最後に、もうなにもございません」

「そうですか……。それはよかった」

「やはり……、そういうことなのですね」

「あの鴬は可哀相《かわいそう》なことをしました」

それで十分だった。

あの「異変」の数々は、誰かが悪意を持って行ったことだったのだ。そして、鴬の死を境に「異変」がやんだのは、シェリダンたちの努力があってのことなのだ。

「……シェリダン。私はそれ以上のことを知りたいと思います」

誰が罪のない小鳥を殺したのか、なぜそのようなことをしたのか、エンジュはどうしても知りたかった。

「王妃様、それだけはご勘弁願《かんべんねが》います」

とりつく島のない返事だった。

「その代わり、二度と王妃様がご不快に思われることがないよう、尽力《じんりょく》いたします」

「でも、鴬は……」

鴬を殺せたということは、エンジュを殺すこともできたはずだ。あれは、それを示唆《しさ》していると思うのが、普通だ。

「誓って申し上げます。鴬も、嫌がらせにしかすぎません。深い思惑があってのことでも、陰謀《いんぼう》の類《たぐい》でもございません。それだけは確かです。黒獅子様が王妃様に贈られた小鳥だと知り、愚行に及んだのです」

「なんの目的で……？」

シェリダンは少し迷った末、口を開いた。

「先程も申しましたが、嫌がらせです」

「嫌がらせ――……」

鼠《ねずみ》も、肘掛《ひじか》けに仕込まれた針も、エンジュを困らせることはできなかった。だから、嫌がらせはエスカレートしたのだろうか。

「誓って、今後あのようなことはございません。私の言葉を信じていただけないでしょうか」

「………ありがとうございます」

そう答えるしかなかった。これ以上尋ねても、シェリダンはおそらく答えないだろう。

エンジュは、仕方なく話題を変えることにした。

「あの…アリシア姫がどちらにいらっしゃるかご存知ですか?」

斜め後ろで、がたっと音がした。

エンジュは、無意識にそちらを振り返り、シェリダンの表情に瞠目《どうもく》した。

黒髪の騎士は、ひどくうろたえていた。

「シェリダン……?」

「王妃様、どなたからその話を?」

話が噛み合っていない。

エンジュは、アリシアの所在を訊《き》いたのだ。

その姿を見たのなら見たと言えばいい。見ていないのなら見ていないと言えばいい。

それなのに、シェリダンは問い返したのだ。

――どなたから、その話を……、と。

「シェリダン、それはどういうことですか? 私は、今夜はまだアリシア姫にお会いしていないと……」

精悍《せいかん》な騎士の頬《ほお》に、苦い表情が走った。だが、それは一瞬。すぐに彼はにこやかな笑顔を見せた。

「ああ、それでしたら私も同様です。アリシア姫はどちらにいらっしゃるのでしょうね」

嘘だと、エンジュは咄嗟《とっさ》に思った。

「シェリダン、なにを隠していらっしゃいますの？　アリシア姫は、どちらにいらっしゃるのです？」

エンジュは、思わず立ち上がっていた。

なにか、胸騒《むなさわ》ぎがする。

なぜ、カウルは席を立った？

シェリダンがなにか、耳打ちしたからではなかったか？

「シェリダン!?」

突然の不安に、エンジュの心は千々《ちぢ》に乱れていた。

彼女は、いま自分がどこでなにをしているか、完全に失念《しつねん》していた。

だから、突然手を取られたときも、状況についていけないでいた。

「宮廷楽師の大手柄！　王妃様の踊り靴が我慢できずにはしゃぎだしたぞ！」

エンジュの目の前で、声を張り上げる男の姿にエンジュは驚いた。

黄と緑のまだらの服。白粉で塗りつぶした顔には珍妙な模様が赤と黒で毒々しく書き加えられ、鼻は林檎《りんご》の実をくっつけたように丸くて赤かった。

「座っているのはどなたです。王妃様が踊りの輪に加わるとおっしゃるのに、座っていられるとはこれはなんとも驚いた。ああ、公爵《こうしゃく》様、よぼよぼ爺《じじい》は引っ込んでなさい。そこの若造《わかぞう》は分をわきまえな。姫君たちは、引き立て役に甘んじなさい。さあさ、新しい曲を。王妃様が踊りを所望《しょもう》されてるぞ」

エンジュの手を取り、一気に捲《まく》し立てるのは、毒舌《どくぜつ》で知られた道化師《どうけし》だった。

「偽《いつわ》りの婚姻《こんいん》、偽りの愛。真実の婚姻、真実の愛。

この城に本物の王妃様がようやく現れたんだ。神様、神様、とびっきりの美人をありがとうございます。でも、おいらの女房は、もう少し胸があるほうが嬉しいねえ」

道化師は、不躾《ぶしつけ》な言葉をわめきながら、エンジュの手を有無《うむ》を言わせず引《ひ》っ張《ぱ》ると、雛壇を降り、踊りの輪の中に連れて行く。

エンジュは目顔でシェリダンに助けを求めたが、騎士は肩をすくめるだけだった。

やがて、人々は男女でそれぞれ列を作り、広間に二重の輪を作った。

音楽が始まり、男たちは女たちに礼をする。

呆然とするエンジュの耳に、軽やかな舞曲が聴こえてきた。それは、白鳥城でアリシア姫と踊った曲だった。

エンジュの身体が、音楽に合わせて動き出す。

アリシア姫の笑顔と明るい笑い声が、エンジュの心によみがえる。

白鳥城で、アリシア姫が予言したとおり、踊りに加わらなかった者たちの間で、賞賛のため息がこぼれた。

エンジュは、素晴らしい踊り手だった。

くるりと回るたびに、金の滝のような髪が、さらりと揺れ、燦然《さんぜん》とした光を撒《ま》き散らす。

華奢《きやしや》な腕、優美な表情をたたえた手が、しなやかに動く。

「まあ、なんてお可愛らしいのでしょう」

「数年したら、絶世の美女になられるでしょうな」

途切れ途切れに、耳に飛び込んでくる誉め言葉。

過分な言葉と、戸惑う余裕がいまのエンジュにはなかった。

聞きたいことはそんな言葉ではない。

アリシアのことだ。


――アリシア姫はどこにいるの？


曲が終わると、拍手が沸き起こった。

その拍手から逃げるように、エンジュは広間を後にした。

カウルが向かった先は、城の正面。

麦月に人々の歓呼に応えたあのテラスだ。

いまだそこにいるかどうかはわからなかったが、エンジュは急いだ。

カウルなら、国王であるカウルなら、なにか知っているかもしれない。

急ぐエンジュの耳に、足音が聞こえてくる。

薄暗い廊下に響く足音は、エンジュの向かう方向から聞こえてくる。

エンジュは両手で、ドレスの裾《すそ》を摑《つか》むと、駆け出していた。

胸騒ぎがする。

急がなければ、急がなければ。

そして、エンジュは気づいた。前からやってくる人物に。

エンジュと同じく、ドレスの裾をからげて走ってくるのは、フレイル。

赤い髪の美しい人が、近づいてくれる。

「フレイル妃！」

エンジュは声をかけた。

「カウル様がどちらにいらっしゃるか、ご存知ありませんか？」

だが――――。

エンジュの問いに返ってきたのは、憎悪《ぞうお》に燃える瞳と突然の暴力だった。

「貴女《あなた》なんて！」

強い力で突き飛ばされ、エンジュは廊下の大理石で、したたかに腰を打った。

「フレイル様……」

「貴女なんて要《い》らない！　聖なる印⁉　それがなんだって言うの？　どれほどの価値があるの？　五百年も前の伝説を信じて、みんな馬鹿だわ。狂っているわ！」

フレイルの頰に滂沱《ぼうだ》の涙が伝う。その涙に、エンジュは、身体の痛みを忘れた。

「貴女が王妃？　私、認めないわ。認めるものですか!?　獅子の代の王妃は、アリシア様よ。あの方以外、私は認めない！　それなのに、貴女が来たばっかりに!!」

「アリシア姫が……？」

「呼ばないで！　貴女があの方の名前を口にするなんて、私許せない。貴女のせいよ!!」

「私のせい？」

「そうよ、貴女が図々《ずうずう》しく王妃になったから、アリシア様は尼寺に行かれるんだわ!!」

　エンジュは立ち上がった。

　右の足首に激痛が走ったが、気にしている暇はなかった。

　フレイルが走ってきたのは、間違いなくテラス。

　そこにアリシアがいるはずだ。

　星の降るような夜だった。

　テラスには、カウルともう一人壮年の男性がいた。

「アリシア様!?」

　エンジュは矢も盾《たて》もたまらず叫んでいた。

「エンジュ？」

「王妃様？」

　カウルと男性が、驚いた表情で口々にエンジュを呼ぶ。

「アリシア様は？　アリシア様？」

エンジュはカウルの胸にすがりつき、子供のようにそれだけを何度も口走っていた。

「アリシアは行ってしまったよ」

「王妃様、娘はあなたと過ごした日々を生涯《しょうがい》忘れないと申しておりました」

そのときになって、エンジュはようやく気づいた。

ファラザンド侯爵《こうしゃく》家の紋章をつけた馬車が、遠ざかっていくのを。

「アリシアさまぁぁ――――!!」

エンジュは咄嗟《とっさ》に駆け出していた。

「危ない！」

カウルが腕を掴んだが、エンジュの足は空を掻《か》いた。そこは階段だった。

小さな身体が、バランスを崩し斜めに傾《かし》ぐ。つかまれた左腕のつけねで嫌な音がした。

「エンジュ、落ち着くんだ。行かせてやれ。行かせてやってくれ！」

カウルの蒼《あお》い瞳が、涙で潤《うる》んでいた。

「手を離してっ！」

カウルの顔が苦しげに歪んだ。

それが、狩月の最後の晩、エンジュが見た最後の記憶だった。

エンジュの身体は、音もなく落ちていった。

5

「アリシア姫は、白獅子《しろじし》様の婚約者でございました」

エンジュが意識を取り戻したのは、自分のベッドの上だった。

遠くから、弾むような音楽が聞こえてくる。舞踏会はまだ終わっていなかった。

「どうか、フレイル妃を許してあげてくださいませんか」

エンジュの枕もとで静かに語るのは、バートン夫人だった。その隣でしくしく泣いているのは、エリアだ。

「許すもなにも……、私は、私は…なにも知らないのです。知らされていないのです」

「誰もが、まだ早いと思ったのです。王妃様は、まだ十四歳。いずれ、大人になられてから、お聞かせしようと……皆が思っていたのではないかと……」

「教えて。いま教えて欲しいの。バートン夫人。私にかかわることなんでしょう？　私のせいでアリシア様は尼寺に行かれたのでしょう？」

「違います」

バートン夫人は、静かに言い切った。

「むしろ、エンジュ様がいらしたから、アリシア姫は尼寺に行かれるのを日延べされていたのです」

「どういうこと？　お願い、話して。私は誰の言葉を信じればいいの？」

バートン夫人がほうっと長いため息を吐いた。

「お話しましょう。それ以外、王妃様のお心を静めることはできないでしょうから。青梟《あおふくろう》が白の獅子王様を殺《あや》めたことは以前お話しました」

エンジュは、枕の上でうなずいた。

「青梟は白の獅子王様のすべてを奪おうとされたのです。美しい婚約者も、そのなかのひとつでした」

「バートン夫人」

「青梟は嫌がるアリシア姫を、無理矢理ご自分の妻とされたのです。父君の命を盾《たて》に、神の前で結婚の誓いまで立てさせたのです。それは誇り高いあの方にとってどれほどの屈辱《くつじょく》だったことでしょう」

エンジュの脳裏《のうり》に、カウルの言葉が、道化師の言葉が、まざまざとよみがえる。

――悪夢は去った。

――偽りの婚姻。

それだけではない。もうひとつ、嫌な考えがエンジュの脳裏に閃《ひら》いた。

「もしかして……フレイル様も？」

バートン夫人はうなずいた。

「私がお仕えするエミレ姫も、青梟に与《くみ》した貴族に、褒賞《ほうしょう》として与えられました。フレイル姫もイゼル姫も……。あの方々は、貴公子方の憧《あこが》れる宮廷の花。特にお三方は、黒獅子様のお后候補でもありました。

カウル様が後宮を定められたのは、あの方々の将来を思ってのことです。たとえ無理強《じ》いだったとはいえ、一度は反逆者の妻や妾《めかけ》にされた方々です。幸せな結婚など望むべくもない。でも、国王の后であればいかがでしょう。お三方の心の傷が癒《い》え、いつか愛する方と出会えたならば、国王様は結婚を許されるおつもりでした。国王の后を下賜《かし》されるということは、貴族にとって名誉なのです」

「では、なぜ、アリシア様は？」

「白獅子様とアリシア姫は、宮廷の誰もが羨《うらや》む恋人同士でした。お二人は、魂《たましい》で結ばれていたのです」

「でも、でも…フレイル様は、私さえ現れなければ、アリシア様は王妃になられたと」

「そんなことまで……」

バートン夫人は、眉間《みけん》にしわを寄せため息を吐いた。

「王妃様、誤解なきようお聞きください。

確かに、黒の獅子王様はアリシア姫に求婚なさいました。ですが、姫はその場で断られたのです。二度も白獅子様を裏切ることはできないとおっしゃられて……」

エンジュの瞳に、熱い涙が浮かんだ。

「そんな……、だって。アリシア様は悪くないのに。裏切ってなんかいない…のに……」

「ええ、一瞬たりともあの方のお心は、白獅子様を裏切ることはございませんでした。私は、生憎《あいにく》エミレ様とともに西に下りましたので、自分の目で見たわけではございませんが、アリシア姫は長い間東の塔に幽閉《ゆうへい》されていたそうです。青梟を拒《こば》み、食事を断った時期もあったと聞いております。

たった二年ではございますが、アリシア姫にとって過酷な二年でございました。黒獅子様が、青梟を討ち、アリシア姫を救いだしたとき、あの方は微笑むことを忘れていらっしゃいました。あの方は、尼寺に入り、そこで一生カシミール様の菩提《ぼだい》を弔《とむら》いたいと願われたのです。カウル様はそれを引き止め、形だけでもよいから王妃にと、幾度となく請《こ》われましたが、アリシア姫のお心を変えることはできなかったと聞いております」

エンジュは静かに泣いていた。

彼女の記憶の中で、アリシアは常に微笑んでいた。あの暖かな笑顔の裏に、いったいどれほどの悲しみを秘めていたのだろう。

「領地にひきこもられたアリシア姫が、貴女様と戻られて……、城の者達はみな驚いたそうです。アリシア姫が笑顔を取り戻されたことに……。

王妃様、都を離れていたフレイル姫は、ご存知ないのです。アリシア姫は、貴女様のおかげで、大いに慰められたのです。それは姫だけではありません。黒獅子様もです。アリシア姫が尼寺に入られることを、国王様がお許しあそばされたのが、その証拠です。黒獅子様は、アリシア姫が尼寺で泣き暮らすのは我慢がならないと仰《おお》せでした。許されたということは、泣き暮らすことがないと思われたからでしょう。そうでなければお許しになるはずがございません」

エンジュはもう我慢ができなかった。彼女は泣いた。しゃくりあげて泣いた。

熱い涙で濡《ぬ》れる頬を枕に押しつけ、彼女はしゃくりあげながら呟いた。

「お願い。一人にして……」

バートン夫人は、衣擦《きぬず》れの音とともに椅子から立ち上がった。

寝室のドアを閉めるとき、苦しげな声がこう言った。

「バートン夫人……、教えてくれてありがとう……」

王妃のねぎらいの言葉に、バートン夫人もまた胸を熱くした。

この素直で純真な魂《たましい》が愛しかった。

この無垢《むく》な魂だからこそ、アリシア姫に笑顔を思い出させることができたのだろう。


バートン夫人が辞去すると、エリアや他の侍女たちに、呼ぶまで寝室に近づくなと言い置いて、エンジュは寝室の鏡台の前に座った。

青ざめた顔の中、二色の瞳が自分を見つめている。

寝乱れた金の前髪、その合間《あいま》に覗く赤い痣《あざ》。

鏡に移してみる痣は、いつか夜の庭園でカウルとともに見た睡蓮《すいれん》を思いださせた。

銀朱の花を思い出させた。

この瞳が、この痣が、常にエンジュを苦しめる。

この異相のため、エンジュは忌《い》み嫌われたのだ。

フェイセル村の家の中で、隠されるようにして育った。

友達などいなかった。子供らしい遊びなど、ひとつも知らない。

本だけが、友達だった。

物語の登場人物だけが、エンジュを慰めてくれた。

それでも不幸ではなかった。

両親の深い愛情が、自分を包んでくれていた。

だが、父と母がどれだけの犠牲を強《し》いられてきたことか。

代々受け継いできた牧場が、自分のために売られたことを、エンジュは知らなかった。

この異相が、両親を苦しめていたことを、知らなかった。

いまさら………。

いまさら「聖なる印」などと言われても、素直にありがたがることなどできるはずがない。

この瞳と痣が、エンジュを苦しめる。

いま、求められているのは、「聖なる印」だけ。

誰も、エンジュ本人を求めたりはしないのだ。

誰も――――――――。
エンジュは、引出しを開けると、小箱を取り出した。
雪花石膏《アラバスター》のふたを開けると、爪《つめ》の手入れに使う道具一式が納められている。
エンジュがその中から選んだのは、爪の甘皮《あまかわ》を剝《む》く小刀だった。
その小刀を、エンジュは両手で握り締めた。
恐くはなかった。
顔の前に、小刀を翳《かざ》す。
銀色の刃の両面に、空と若葉の色がそれぞれ映っている。
空色は母の瞳。
若葉色は父の瞳。
両親から譲《ゆず》り受けた、美しい色。
どちらから先に潰してしまおうか……。
母の瞳から？　父の瞳から？　初めて、エンジュの手がぶるぶると震えだした。
「できない……」
エンジュは呟く。
「できるはずがない」
母の瞳を、父の瞳を、自《みずか》らの手で潰すことなど、抉《えぐ》ることなど、できるはずがない。
「できない!!」

突然のエンジュの叫びに、エリアは叱られることを覚悟の上で、寝室の扉を開けた。

「王妃様!?」

エリアは、鏡台に突っ伏すエンジュの姿を見つけた。

「王妃様、どうされました? ご気分でもお悪いのですか?」

鏡台に近づき、エリアは一瞬息を飲んだ。

そして、声を限りに叫んだ。

「誰か! お医者様を! 誰か!!」

鏡台は血液で赤く染まっていた。

王妃の額から流れる血を、指先で拭いながら、エリアは叫びつづけた。


小刀で抉《えぐ》ったものの、所詮《しょせん》は額《ひたい》。

怪我は薄皮を剝《は》ぐ程度のもので、命が脅《おびや》かされる心配はなかった。

この件に関して、厳しい緘口令《かんこうれい》が言い渡されたのは当然のことだろう。

「聖なる印」を持つ乙女が、自らそれに傷をつけたのだ。

国王カウルに反感を持つ者たちが知れば、よい口実を与えることになる。

数日後、エンジュの額から包帯をはずした御殿医は、低い声で呟いた。
「奇跡だ」と。
花の形の痣は、損なわれることがなかった。いや、額には傷跡一つ残らなかったのだ。
それが奇跡でなくてなんだろう。
そして――。
この数カ月、エンジュの健康を毎朝つぶさに診《み》てきた御殿医は、国王に進言した。
「王妃様にいまもっとも必要なのは、静かな場所での静養です」
朱雀《すざく》二年の雪月、王妃を乗せた馬車は、鳳凰城を後に、南へと旅立って行った。

◇　◇　◇　◇　◇

朱雀《すざく》五年の花月《はなつき》。

暦の上では、春の盛り。王国で最も美しい季節である。

畑では秋の豊作を願い、様々な作物が芽吹き、一年で最も活気づく頃といってもいいだろう。


だが、この年。

王国の穀物庫といわれる地帯を、季節はずれの雹《ひょう》が襲《おそ》った。

大人の握りこぶし大の氷の礫《つぶて》は、深刻な被害をもたらした。

麦畑はほとんど壊滅《かいめつ》に近かった。花が咲いたばかりの果樹も、受粉の前に枝ごとへし折られたような状態だった。

被害は農作物だけではなかった。

雹の直撃にあい、少なくない家畜が命を落とし、壊れた橋や家も一つ二つではなかった。

報告を受けた黒獅子《くろじし》王カウルは、すぐに騎士団と役人を派遣し、詳しい報告を受けると、国庫を開いた。被害にあった人々に援助の手を差し伸べ、その地域の年貢《ねんぐ》は、二年間据え置くことを約束した。

聖十字星章の騎士、シェリダンが、都への帰還を果たしたのは、それらの救援活動が一段落した花月の終わりのことだった。

「シェリダン、ご苦労だった。君たちの活躍は、都でも話題になっていたぞ」

親友のねぎらいに、シェリダンは笑顔を見せる。

「それを言うなら、君への賛辞もすごかったぞ。名君、賢君と熱狂的だった。おれは思ったね。みんなまんまと騙《だま》されやがってってな」

二人だけになると、カウルとシェリダンはその立場を忘れ、本来の関係に戻る。

彼らは、国王と騎士という前に、無二の親友なのだ。

カウルは、人払いをするとシェリダンの苦労話に耳を傾けた。

「それで？」「それから？」

矢継《やつ》ぎ早《ばや》に話を催促され、シェリダンは心のうちで苦笑を漏《も》らした。

親友はまったく素直でない。

本当に聞きたい話は他にあるだろうに、自分から切り出すことができず、闇雲《やみくも》に先を促す。

幼《おさな》い頃から、少しへそ曲がりなところがあった。

温厚で優秀な兄と常に比較されたせいだろう。兄を意識し、よく反対の態度を取った。

白獅子と呼ばれたカシミールを、シェリダンも勿論《もちろん》知っている。

カシミールが洒脱《しゃだつ》な話術で場を盛り上げれば、カウルは寡黙《かもく》な態度で人々に存在感を与えた。

カシミールが沈思黙考《ちんしもっこう》を旨《むね》とすれば、カウルは直情径行《ちょくじょうけいこう》を旨とした。

水と油のように反発しながら、カウルが心から兄を尊敬し慕っていたことを、シェリダンは誰よりもよく知っている。

カシミールが優秀なばかりに、弟のカウルは思慮の足りない乱暴者と宮廷人らは思っていた。だが、粘りづよく物事を簡単に諦《あきら》めない、カウルの美点を誰よりも理解していたのは、カシミールだった。

彼は、剣の稽古仲間であったシェリダンに一度漏らしたことがある。

乱世においては、自分よりカウルのほうが王として相応《ふさわ》しい、と。

『私は平和な時代に生まれたことを感謝しているよ。王の義務を果たすことができるからね』

カシミールの言葉を聞かされたとき、それが皮肉な予言になるなどとは、シェリダンでなくとも考え及ばなかっただろう。

たった二年で、王位を取り戻したカウルの果敢《かかん》な戦いは、兄王の言葉が正しかった証《あかし》でもある。

彼らの叔父が引き起こした乱世も、徐々に治まりつつあった。

季節はずれの雹が、王国と人々に与えた被害はけして小さくない。

だが、その程度で動じることのない、国造りがなされていた。

シェリダンは、それを肌《はだ》で感じて帰ってきたのだ。

親友は、立派に国王としての務めを果たしている。

そろそろ自らの幸せを掴んでもいい時期ではないのだろうか。

「カウル、本当に聞きたいことが他にあるんじゃないか？」

シェリダンは、水を向けた。

「なんのことだ？」

「気になるのだろう？」

「だから、なんだ？」

「まったく素直じゃないな。それならそれで、おれは一向《いっこう》に構わないが？」

カウルが唇《くちびる》をかんだ。蒼《あお》い瞳に、切《せつ》ない影が浮かぶ。

「嫌な奴だな……。デセールザンドはどうだった？」

デセールザンド――――。

それは、今回被害にあった地域にある。

被害状況に応じ、国庫から一時金を支給するという布告に、その必要はないと答えたただ一つの領地である。

「領主様にお会いしてきたよ」

「元気だったか？」

「ああ、とてもお元気で毎日のように乗馬をなさっているそうだ」

カウルの顔に、安堵がうかがえる。いつも難しい顔をしていないで、こんな穏やかな笑みをもっと見せればいいのにと、シェリダンは思う。

「美しくおなりだった。背も随分《ずいぶん》大きくなられて、もう立派な女性だ」

カウルがむっと口を引き結んだ。

「シェリダン、おまえはいったいエンジュのなにを見てきたんだ」

シェリダンはニヤニヤ笑いながら、自分の胸の前で両手を動かし、胸のふくらみを表現してみせた。

「ふざけるな！」

エンジュが、銀の小刀で自分の額の痣を抉《えぐ》り取ろうとした、あの夜から既に三年の月日が流れていた。

命に別状のある怪我ではなかったが、自らの手で「聖なる印」を抉ろうとしたことは、カウルにとって思いがけないほどの衝撃であった。

嫌われているとは思っていたが、これほどまでに自分を拒むのかと、絶望的な思いで青ざめたエンジュの寝顔を見つめた日のことは、いまでも思い出すたび、カウルの胸が疼《うず》く。

エンジュの侍女は涙ながら話してくれた。

『王妃様は、鶯《うぐいす》を自分のようだと時々呟いておいででした。自分も鳥籠に囚《とら》われていると仰《おお》せでした』

だから、彼は、彼女を、手放したのだ。

鳳凰《ほうおう》城に留めることが、エンジュを苦しめるのだと、カウルは思った。

神の前で誓ったのだ。エンジュ以外の王妃は考えられない。

だが、彼女の幸せはここにはないのだ。

「聖なる印」さえなくなれば、自分との関係を断てると思ったに違いない。

これ以上、自分のもとに留めては、恐ろしい結果を招くのではないか？

額を抉るぐらいならまだいい。

あの、澄んだ美しい瞳を抉ったら？

自ら命を絶つ道を選んだら？

散々悩んだ末、カウルはエンジュにデセールザンド領を与えることを決めた。

領土としてはそれほど広くはないが、豊かな南方でも特に豊穣《ほうじょう》で知られた土地である。気候も暖かく、風光明媚《ふうこうめいび》な土地である。

御殿医が静養地の候補として挙げた地名に、デセールザンドも含まれていた。

そして、カウルが何よりもこの地を、エンジュにと考えた一番の理由は、代々の領主が住まう瀟洒《しょうしゃ》な城にあった。

湖の中に樫《かし》の大木で土台を作った城は、その湖自体が自然の守りとなる。

そして、尖塔《せんとう》と大きな窓が優美な曲線を描くその城は、「姫君の城」と呼ばれていた。

代々の王が、未来の王妃や秘密の恋人たちに与えた城だったのだ。

「エンジュは幸せなのか？」

「それはおれには答えられんな。カウル、おまえがその目で確かめてくるがいい」

「確かめる必要などなかろう。エンジュは今回国王の援助を断ったのだぞ。いまだに俺を許していない証拠じゃないか」

「だから、確かめてこいと言ってるんだ。それはおまえの憶測《おくそく》だろう？　王妃様のお心は、王妃様にしかわからない。それなのにおまえは、いつだって自分で勝手に決めて、決めたと思ったら、即行動に移す。傍《はた》から見たら、笑えるぞ」

「ひどい言い様だな」

「すまんね、おれは根が正直なもんでね。だから、カウルおまえにこれをやるよ」

シェリダンはそう言うと、胴着の隠しから、数枚の銅貨を取り出した。

「なんだ、この金は？」

「銅貨だよ。見たことないのか。いやだね、王様って奴は」

「銅貨ぐらい、見ればわかる。この銅貨にどんな意味があるのかと訊いているんだ」

「デセールザンドでもらったんだよ」

「誰から？」

「孤児院の子供たちからな」

「孤児院？　エンジュの？」

「ああ」

エンジュがデセールザンドに孤児院を建てたという話は、おととし報告を受けている。

自分のように、親を亡くして悲しむ子供たちを、救ってやりたいとの気持ちから建てたということは、本人の説明を待つまでもない。

「そこの屋根のひさしが雹でやられてね。おれたちが片付けてたら、ちっこいのが寄ってきてね。この金をよこすんだ」

「なぜ？」

「お使いだよ。都に帰ったら、ドレスを買ってきてくれってね」

「ドレス？」

「それもな、王妃様のすっごくすてきなドレスをだってさ」

「なぜ……」

「王妃様は、きっと綺麗なドレスがないから都に行かないんだって、子供たちは言うんだ。本当は国王様にお会いしたいのに、我慢してるんだって」

「なにを…言ってるんだ……」

「カウル、もう一度言う。素直になれ。素直になって、エンジュ様にお会いしてこい」

「会ってどうするんだ。それに会ってくれるはずがない。

エンジュは俺のことが嫌いなんだから……」

「会うかどうか、行ってみなきゃわからないだろう。それに、会ったら言えばいいんだ。もう一度、好きだってね」

「馬鹿……」

銅貨を握り締め、カウルは喘《あえ》ぐように呟いた。

「もう一度も、なにも、……まだ一度も好きだなんて、言ったことがないんだ」

シェリダンが、瞳を瞠《みひら》いた。

た。

「冗談だろ……?」

唇を堅く引き結び、小さく首を横に振る親友の姿に、シェリダンは天を仰いでため息を吐いた。

「信じられない。好きだとも言ってくれない腰抜けに、どこの誰が惚《ほ》れてくれる?」

シェリダンは立ち上がった。

「もう、おまえの御託《ごたく》は聞かないぞ。とりあえず好きだと言ってこい。その後なら、どんな愚《ぐ》痴《ち》だって聞いてやる」

名だたる騎士は、慇懃《いんぎん》無礼《ぶれい》に思えるほど深々と一礼し、国王の許しも得ず退出した。

テラスに残されたのは、銅貨を握り締め、眉間にしわを寄せた、無礼で、不躾《ぶしつけ》で、無神経な上、ひどく照れ屋で不器用な男だけだった。

耳障りな金属音と湿気を帯びた木材特有の軋《きし》んだ音を盛大に響かせて、デセールザンド領主の居城の跳ね橋が、ゆっくりと岸辺に下りる。

湖の中央に建てられたこの城は、その特徴である優美な曲線から絵画的な美しさで知られているが、一度跳ね橋を上げてしまえば、堅固な守りで名をはせる城砦となる。

若葉《わかば》月の早朝、デセールザンド領主は普段と変わりなく質素なドレスに身を包み、城内から姿を現した。

彼女は、跳ね橋を渡り終えると、湖の岸辺に立った。

深いエメラルドの湖水には、赤や白の睡蓮《すいれん》が咲き乱れていた。

遠い南の国から取り寄せたこの睡蓮は、夜に咲き朝に閉じるめずらしい品種だった。

去年、取り寄せた大量の苗を手に、園丁はうまく根付くかわからないと自信なさげに言っていたが、彼の努力の甲斐あって見事に花を咲かせてくれた。

今年は、春先に思いがけない雹《ひょう》に襲われたが、一番花の開花時期が少し遅れただけですんだ。

「この花は強い……」

エンジュは、今更のように呟《つぶや》いた。

うまく根が広がれば、この小さな湖をいつか埋め尽くす日がくるかもしれない。

静養を言い渡され、このデセールザンドに移り住み三年の歳月《さいげつ》が流れた。

この城で初めての夜を、エンジュは今でも忘れることができない。

城の跳ね橋は、日没とともに引き上げられる。鎖の立てる耳障りな金属音に肌を粟立《あわだ》てながら、エンジュはこの城が新しい鳥籠に思えてならなかった。

エンジュは、その冬をほとんどベッドの中で過ごした。

それは緩慢《かんまん》な死を招く行為に等しかった。

そんな彼女が立ち直るきっかけは、一人の訪問者だった。

曙月《あけぼの》のある日、雪解けを待ちかねてやってきたのは、青い法衣を許されたトリエル教主だった。彼は、とある尼僧《にそう》院の帰りにデセールザンドにまで足を伸ばしてくれたのである。

教主は、エンジュの枕もとで静かに話してくれた。

「王妃様、貴女もよくご存知の若い尼僧がこのような独《ひと》り言《ごと》を呟いておりました」

尼僧院に入ったばかりの者は、七年間外界とのかかわりを一切断つのが戒律《かいりつ》だった。

手紙はおろか伝言ですら、本来なら許されることではない。

「いま貴女《あなた》はお幸せですか？」

その尼僧が誰なのか、問い質《ただ》す必要はなかった。

「貴女は与えられる幸せを喜ばれる方でしょうか？　幸せを自ら築《みずか》くことを望まれる方でしょうか？」

俗世を離れ、修行の日々を送りながらも、いまだに自分を気にかけてくれる存在に、エンジュの胸は震えた。

エンジュはその日、久しぶりにベッドから離れた。

自分がいつまでも心配をかけては、信仰の気高き道を選んだあの方の、お心を徒《いたずら》に乱すことになるのだと、悟ったのだ。

彼女の心に変化をもたらしたのは、それだけではなかった。

花月のある日、城は思いがけない客人に華やいだ。

早咲きの水仙でいっぱいの籠を手に、王妃様にお会いしたいとやってきたのは、城の敷地のなかに建つ聖堂の司祭と小さな子供たちだった。

「王妃様、お誕生日おめでとうございます」

薫り高い花籠を捧げ、誕生日のお祝いに澄んだ歌声を披露《ひろう》する子供たちの姿に、エンジュは心を打たれた。聖堂で、親をなくした子供たちが育てられていることを、エンジュはこの日まで知らなかったのだ。

デセールランドで暮らすようになって、すでに三カ月以上過ぎていた。それなのに、目と鼻の先に、自分と境遇を同じくする子供たちが、暮らしていることをまったく知らなかったのだ。

エンジュは心から自分を恥《は》じた。

そして、麗《うるわ》しの姫君の伝言を、改めて自分の問題として捉えることができたのだった。

親を亡くした子供が、どれほど寂《さび》しくどれほど心細いものか、エンジュは肌身で知っている。

彼らを助ける手伝いがほんの少しでもできれば…………。

たとえ都を遠く離れても、彼女が王妃であることに変わりはない。彼女には、王妃としての権限と領主としての財産がある。

エンジュは、自らの意思で孤児院を建てることを決めた。

その為に、聖堂の司祭を初めとする多くの人々と言葉を交わし、意見に耳を傾け、領主として一つ一つ学んで行った。

孤児院が落成するまでの日々は、エンジュにとって自らの自由を確認する日々だった。

湖に浮かぶ城は、夜になれば跳ね橋を上げ、堅牢《けんろう》な城砦《じょうさい》となるだろう。

だが、城主であるエンジュが開門を言い渡せば、すぐに跳ね橋は下り、門扉《もんぴ》は開かれる。

エンジュは、自分が思い違いをしていたことを認めた。

鳥籠に囚《とら》われていたのではない。

自分が、鳥籠からでようとしなかっただけなのだ。

それに気づいた日、エンジュはようやく素直な気持ちで、カウルを思い出すことができた。

彼は、出会いのときから、無礼で、不躾《ぶしつけ》だった。

だが、棘《とげ》の刺さったエンジュを彼は心配してくれたではないか。

小鳥の声を聴いていたのだと一言漏《も》らせば、すぐに小鳥を持ってきてくれたではないか。

カウルは自分を大事にしてくれた。言葉でなく、行動で示してくれた。それなのに、幼かった自分は、頑《かたく》なに心を閉ざし、気づこうともしなかった。

エンジュは、この地に来て初めて、心からカウルに会いたいと思った。

だが、国王に疎《うと》まれた自分がどうして会いに行けようか。

だから、エンジュは睡蓮の花を湖に植えたのだ。

この銀朱の花が、カウルを偲《しの》ぶよすが。

エンジュは、朝の一時を、睡蓮を眺めて過ごす。

三年前、夜の庭園で交わした約束は、いまだ果たされないまま、エンジュは銀朱の花にそっと語りかける。

「おまえたちは強い………──」

そのとき背後で、エンジュの囁《ささや》きを、蹄《ひずめ》の音が掻き消した。

彼女は振り返った。

朝靄《もや》のなか、近づいてくる一騎の馬影。


十八歳の少女は、時ならぬ訪問者に胸騒ぎを覚えた。

だが、不思議なほど不安はなかった。

むしろ、甘い予感を覚えるのだった。

あとがき

「銀朱の花」をお届けします。

異相を持って生まれた少女、エンジュの物語です。

あとがきから読まれる方もいらっしゃると思い、敢《あ》えて詳しい特徴《とくちょう》を書くことは控えているのですが、カバーイラストを見たらばれればれですね。

今回、イラストは０４年度のコバルトイラスト大賞、優秀賞を受賞なさった藤井迦耶《ふじいかや》さんにお願いいたしました。

編集部で、応募作品を拝見させていただいたのですが、透明感のある繊細《せんさい》で美しいカラーに、一目で魅了《みりょう》されてしまいました。その場で決定でした。

担当Ｔ様の手元には、既《すで》にカバーイラストカラーが届いているそうで、文庫になって届くのがいまから本当に楽しみです。

「銀朱の花」は、不器用な女の子が書きたいという思いから生まれました。

努力を惜《お》しまず、逆境に強い女の子。

でも、自分の本当に価値に、いまだ気づいていない女の子。

エンジュはまだ十四歳で、自分の人生の入り口にようやく立ったにすぎません。

孤独だった少女に、様々な出会いがありました。

その最たるものが、カウルとの出会いでしょう。

文字どおり、あれよあれよという間に、とんでもないことになってしまったエンジュですが、彼女はこれから自分の運命を、自《みずか》らの意思で自分の力で切り開いていかなければなりません。


というわけで、いまこの続きを書いています。

あまりお待たせすることなくお届けできるようにがんばっています。

それと並行して、「砂漠の花」の完結のため、物語のラストを固めていますので、こちらのほうももうしばらくお待ちくださいね。


この前書いたあとがきで、登場人物の名前の由来を書いたのですが、思いがけず好評だったので、今回も書かせていただきますね。

エンジュは「槐《えんじゅ》」の木からです。その字面とあのほろほろ零《こぼ》れ落ちる花のイメージが、彼女に似合うように思ったんです。「エンジェル」の連想もありました。

カウルは、なんとなく閃《ひらめ》いた響《ひび》きだったのですが、後になってハングルの「秋」と同音であることにづきました。夜の庭園の場面は秋なので、この偶然をおもしろく感じました。白獅子《しろじし》ことカシミール様は、そのとき着ていたカシミヤのカーディガンから……。すみません。今回は音の響き重視だったので、こんな感じです。

ちなみに、この国の暦《こよみ》ですが、一月は雪月《ゆき》、二月は氷月《こおり》、三月は曙月《あけぼの》、四月は花月《はな》、五月は若葉月《わかば》、六月は露月《つゆ》、七月は水月《みず》、八月は風月《かぜ》、九月は麦月《むぎ》、十月は果樹月《かじゅ》、十一月は夜月《よる》、十二月は狩月《かり》となっています。

四季は日本に準じるということでご理解ください。

近況ですが。

この原稿の前に、雑誌用の短編を書いていたのですが、その間ひどい頭痛に悩まされました。

とにかく薬を飲んでも、痛みが抜けないんです。少しましになる程度。

おそらく肩こりが原因だろうと、脱稿と同時にマッサージにかかりました。

すると、マッサージの先生いわく、首の骨がずれているとのこと。

結局、その場で整体をしていただきました。

バキバキバキッ、ボキボキボキッと景気のいい音を響かせて、歪《ゆが》んでいた首と背中を正していただきました。

そうしたら！

すう〜っと、頭痛がなくなったんです。

十日近く続いた頭痛が、それはもうすっきりさっぱりとなくなったんです。

驚きました。

初めて鍼《はり》を試したときに勝るとも劣らない驚きでした。

人間の身体っておもしろい……。

でも、驚くことはこれだけじゃなかったんです。

二日後の晩、缶コーヒーを買うために外に出た私は、何気なく夜空を見上げて不思議なことに気づきました。

夏、花火見学の際、乱視の進行に気づきメガネを作る必要を感じたと、前回の文庫で書いた私です。

月は三重、星もV字に見えていたはずなのに、普通に見えるんです。

わずかに二重に見えこそすれ、気になるほどではありませんでした。

整体のおかげで、乱視が治ったとしか思えません。

某研究所で癌《がん》細胞を育てている友人に話したところ、専門家の話によれば、それは十分ありえるとのことでした。

ずれた首の骨が、神経を圧迫していたらしいんですね。

おかげで、「銀朱の花」は快調に書き進めることができたのです。

ところが、思いがけないアクシデントがありまして、途中停滞を余儀《よぎ》なくされてしまいました。結局は、私の無知が招いたことなのですが、ウイルスメールを開いてしまい、PCが数日間つかえなくなってしまったのです。

最終的に、再インストールとなったのですが、たくさんの方にアドバイスをいただきました。

A・M様、N・O様、H・W様。そして我が弟に、感謝です。

その後、脱稿直前で私自身が風邪《かぜ》ウイルスにやられて寝込んだのには、もう笑うしかありませんでした。

いろいろと重なる時は重なるものですが、前向きでがんばれるのは、いつも応援してくださる読者の皆様あってのことと思います。

本当にありがとうございます。

――それでは、また次の文庫でおあいしましょう。

金　蓮　花

この作品のご感想をお寄せください。

金蓮花先生へのお手紙のあて先

〒101―8050　東京都千代田区一ツ橋2―5―10
集英社コバルト編集部　気付
金蓮花先生

きんれんか

3月20日、東京生まれ東京育ちの在日朝鮮人三世。魚座のＡＢ型。朝鮮大学師範教育学部美術科卒業。1994年5月『銀葉亭茶話』で第23回コバルト・ノベル大賞受賞。コバルト文庫に〈銀葉亭茶話〉、〈水の都〉、〈月の系譜〉、〈竜の眠る海〉、〈櫻の系譜〉の各シリーズの他、『シンデレラは床みがき』『プリズムのseason』『砂漠の花』がある。最近のお気に入りはクラシックバレエ鑑賞。アダム・クーパーに来日して欲しいな。

銀朱の花

COBALT-SERIES

2004年1月10日　第1刷発行

★定価はカバーに表示してあります

著　者　金　蓮　花
発行者　谷　山　尚　義
発行所　株式会社　集　英　社
〒101−8050
東京都千代田区一ツ橋2—5—10
電話　東京　(3230) 6268 (編集)
(3230) 6393 (販売)
(3230) 6080 (制作)

印刷所　株式会社美松堂
中央精版印刷株式会社

ISBN4-08-600371-6 C0193